W0011630

Dagmar Fohl

Wer ein einziges Leben rettet,

rettet die ganze Welt

DER UNGEHORSAME Der portugiesische Konsul Aristides de Sousa Mendes wird 1938 nach Bordeaux beordert. Mitten in den politischen Wirren und der wachsenden Gefahr eines Krieges verliebt sich der vierzehnfache Familienvater in eine junge Französin. Diese heimliche Liebe begleitet ihn durch alle Ereignisse, die folgen. Als der Zweite Weltkrieg ausbricht, gibt es kaum noch Fluchtmöglichkeiten für die Verfolgten. Als einziges Transitland bleibt nur noch Portugal. Doch der Diktator Salazar verschärft die Einreisebedingungen drastisch. Sousa Mendes widersetzt sich seinen Befehlen und stellt Visa aus, bis er wegen Ungehorsams nach Portugal zurückbeordert wird. Mendes wird seines Amtes enthoben. Jahrelang kämpft der Konsul für seine Rehabilitierung und für Gerechtigkeit. Dabei gerät er in immer größere Schwierigkeiten.

Ein beeindruckender Roman über das Schicksal eines mutigen Konsuls, der sich für den Ungehorsam entschied, um Menschen zu retten.

© W. Heinrich

Dagmar Fohl absolvierte ein Studium der Geschichte und Romanistik in Hamburg und arbeitete als Historikerin und Kulturmanagerin. Heute lebt sie als freie Autorin in Hamburg und schreibt Romane über Menschen in Grenzsituationen. Psychologisch fundiert zeichnet sie Seelenzustände ihrer Protagonisten mit ihren Lebens- und Gewissenskonflikten, und beleuchtet gleichzeitig die gesellschaftlichen Verhältnisse und Probleme der jeweiligen Epoche, in der ihre Protagonisten agieren.

Dagmar Fohl

Wer ein einziges Leben rettet,

rettet die ganze Welt

Roman

Immer informiert

Spannung pur – mit unserem Newsletter informieren wir Sie
regelmäßig über Wissenswertes aus unserer Bücherwelt.

Gefällt mir!

Facebook: @Gmeiner.Verlag
Instagram: @gmeinerverlag
Twitter: @GmeinerVerlag

Besuchen Sie uns im Internet:
www.gmeiner-verlag.de

© 2020 – Gmeiner-Verlag GmbH
Im Ehnried 5, 88605 Meßkirc*
Telefon 0 75 75 / 20 95 - 0
info@gmeiner-verlag.de
Alle Rechte vorbehalten
1. Auflage 2020

Lektorat: Claudia Senghaas, Kirchardt
Herstellung: Julia Franze
Umschlaggestaltung: U.O.R.G. Lutz Eberle, Stuttgart
unter Verwendung der Bilder von: © http://www.sousamendes.org/prog/
banque-photos.php
© Comité Sousa Mendes, Famille de Sousa Mendes
© archives du ministère des Affaires étrangères portugais
Abbildung Sousa Mendes: http://www.sousamendesfoundation.org/aris-
tides-de-sousa-mendes-his-life-and-legacy/
Druck: GGP Media GmbH, Pößneck
Printed in Germany
ISBN 978-3-8392-2771-8

Die Geschichte basiert auf historischen Tatsachen.

Aristides de Sousa Mendes
in memoriam
Aristides de Sousa Mendes

PROLOG

Stimmen, Rufe, Sprachgewirr, wie eine Flutwelle, die die Garonne meterhoch ansteigen lässt, strömen die Menschen durch die Stadt, mit Karren, Autos, Lastwagen, auch zu Fuß, bepackt und umschnürt mit dem Wenigen, was von ihrer Habe geblieben ist, dem Wenigen, was sie tragen können, es sind Kinder, Frauen, Männer aller Nationalitäten und Religionen, Reiche und Arme, Künstler und Arbeiter, Alte, Kranke, schwangere Frauen, Menschen mit von Erschöpfung und Angst gezeichneten Gesichtern, die die Straßen verstopfen und in einem ungeordneten Wirrwarr zum Quai Louis XVIII hasten. Ich sehe sie vor dem Konsulat stehen, verdichtet zu einer riesigen Kolonie von Hilfesuchenden, sie hocken auf ihren Koffern, auf der Ladefläche der Wagen, auf Leinenbündeln, während mir ihr beißender Schweißgeruch in die Nase steigt, sehe sie dort verharren, niemand von ihnen gibt seinen Platz her, um sich zu waschen oder Nahrung zu besorgen, nicht einmal, um seine Notdurft zu verrichten, alle schweben in Todesangst und wollen nur eines: meine Unterschrift und einen Stempel im Pass.

Alles sitzt als Dorn in meinem Gedächtnis. Ich muss festhalten, was ich erlebt habe, da es sonst in Vergessenheit geraten würde, weil das, was ich tat, was den Menschen, was mir und meiner Familie widerfuhr, für immer ausgelöscht werden soll. Ich kann nur einen Schatten der Zeit, die die Welt ins Chaos führte, erfassen, nur einen winzigen Teil des Ganzen herausstellen, ich muss mich auf die Ereignisse beschränken, die mit der Entscheidung, die ich traf, in unmittelbarem Zusammenhang stehen. Ich werde berichten, als Mitwirkender und als Zeuge, werde Ursachen, Folgen und Ungeheuerlichkeiten aufzeigen, die mit den Ereignissen in Bordeaux in Zusammenhang stehen, die mein Leben in ein Vorher und Nachher teilen, die mein Tun und Wirken seit über einem Jahrzehnt bestimmen, Ereignisse, die sich wie ein roter Faden durch mein Dasein ziehen und zu dem Mann haben werden lassen, der ich jetzt bin.

Ich bin keiner dieser Weltverbesserer und Samariter, die glauben, sie könnten Gott mit reinem Gewissen gegenübertreten, ich will mich auch nicht beschönigend darstellen, selbst, wenn es an der einen oder anderen Stelle geschehen könnte, und ich mich vom Wunschdenken über mich selbst mitreißen lasse.

Ich will Wahrheit.

Ich gehe einen riskanten Weg. Ich muss meine Familie vor weiteren Repressalien schützen. Solange António de Oliveira Salazar lebt und regiert, darf dieses Manuskript nicht veröffentlicht werden, aber es wird eine Zeit geben, in der die Wahrheit ans Licht kommt, meine Wahrheit.

Aristides de Sousa Mendes, November 1953

TEIL I

FRANKREICH 1938–1940

Die ganze Sache liegt daran, dass die Menschen glauben, es gebe Umstände, wo man mit den Menschen ohne Liebe umgehen dürfe; solche Umstände gibt es aber nicht!

(Leo Tolstoi)

AUFBRUCH

Die Koffer waren gepackt, der Familienbus stand vor der Tür. Alles, was ich dachte, war: Zwei Plätze bleiben nun leer.

Wir kamen über den Tod von Raquel und Manuel nicht hinweg. Ständig fragten wir uns, warum sie sterben mussten, warum es Krankheiten gab, die niemand kennt, gegen die kein Heilmittel half. Raquel war erst ein Jahr alt, Manuel hatte kurz vor seinem Tod sein Studium beendet.

Ich starrte auf die leeren Polster. – So schwer es auch fiel, ich musste nach vorn schauen und meiner Familie ein Vorbild sein.

Der Motor sprang an, der Wagen begann zu vibrieren. Neun Jahre Generalkonsulat in Belgien gingen nun zu Ende.

*

Es war nicht mein Wunsch, nach Bordeaux umzusiedeln, ich hatte Salazar um Versetzung nach China oder Japan gebeten, um dort den Posten eines Geschäftsträgers zu übernehmen. Er aber befahl mir, den Dienst als Generalkonsul von Bordeaux anzutreten. Die meisten Jahre meines Arbeitslebens hatte ich außerhalb Europas verbracht, in Britisch-Guayana, Sansibar, USA, Brasilien. Ich bereiste Ostafrika, Kenia, Nairobi, Mombasa. Der Sultan in Sansibar verlieh mir die höchste Verdienstmedaille, die ein Ausländer erhalten konnte. Ich war ein welterfahrener Mann mit umfangreichen beruflichen Kenntnissen. Wie gern wäre ich nach Asien gegangen, um neue Erfahrungen in einer mir unbekannten Kultur zu sammeln.

Meine Frau Angelina bevorzugte Bordeaux. Sie fürchtete den Krieg zwischen Japan und China. Die Kinder wären am liebsten in Antwerpen geblieben. Sie hatten dort Freunde und zum ersten Mal ein Zuhause für viele Jahre gefunden. Es blieb ihnen keine Wahl. Ich hatte Salazars Befehl Folge zu leisten.

*

Ich fragte mich, was mich erwarten würde. Die letzten Jahre hatten beunruhigende Spuren hinterlassen. Die Situation in Europa war alles andere als entspannt. Die Staaten waren verfeindet, die Wirtschaftskrise hatte die Welt ins Wanken gebracht und Hitler in Deutschland zur Macht verholfen. Der Judenhass war Teil seines Erfolges. Er schürte den Antisemitismus und machte ihn zum Staatsanliegen. Judenboykotte, Bücherverbrennungen, Rassengesetze. Es gab internationale Proteste, aber letztlich empfing kein Land die jüdischen Emigranten mit offenen Armen.

Die Zahl der von Hitler bedrohten Menschen, die aus Deutschland emigrierten, stieg, während die Fluchtmöglichkeiten abnahmen. England hatte die Immigration in Palästina bereits seit 1936 gedrosselt. Man befürchtete arabische Unruhen gegen die geflüchteten Juden und Handelsbeschränkungen am Suezkanal. 1937 schloss Frankreich die Grenzen für alle jüdischen Flüchtlinge, die keinen deutschen Pass besaßen und schob alle illegalen Immigranten in ihre Herkunftsländer ab.

Überall loderten Unruheherde. Immer noch wütete der Spanische Bürgerkrieg. Deutschland und Italien kämpften an Francos Seite. Salazar bewunderte Hitler und Mussolini. Und Franco war zu seinem Freund und Verbündeten geworden. Portugal half mit Waffenlieferungen an Franco und mit einer Legion aus Freiwilligen, die für die spanischen Nationalisten kämpfte. Mussolini schickte Franco U-Boote, Hitler schickte seine Luftwaffe. Gemeinsam kämpften sie gegen die Republik, die Russen und internationalen Brigaden, die die spanischen Republikaner militärisch unterstützten. Portugal war durch die geografische Lage an Spanien gebunden. Salazar wünschte mit Spanien in Freundschaft zu leben. Ich erkannte Salazars Angst, sein Regime könne im Falle eines Sieges der Volksfront stürzen. Das rechtfertigte nicht das Massaker von Badajoz. An der Jagd auf Republikaner und Zivilisten, die für die Frauen mit Vergewaltigungen, für die Männer mit Erschießungen in der Stierkampfarena endeten, waren auch portugiesische Kämpfer beteiligt. Und nichts entschuldigte das entsetzliche Gemetzel der deutschen Luftwaffe, die ihre Bombenteppiche auf Guernica warf, Frauen und Kinder tötete und die ganze Stadt vernichtete.

Deutschland übte für den großen Krieg.

Der Weltfrieden geriet zunehmend in Gefahr. Der Spanische Bürgerkrieg war noch nicht beendet, als die Deutschen Österreich bedrohten. Die Österreicher kapitulierten und hießen die Nazis mit Jubel und erhobenem Arm willkommen.

Die Sudetenkrise, die folgte, gefährdete die Existenz der Tschechoslowakei. In seinen Reden predigte Hitler Frieden, Frieden, Frieden. Gleichzeitig erhob er Gebietsansprüche, provozierte, bedrohte, rüstete auf. Ich erkannte mehr und mehr die Methode, mit der er sein »Großdeutsches Reich« zu erschaffen versuchte.

TRÜGERISCHE RUHE

Die Bordelaiser Wohnung lag direkt im Stadtkern, an der Uferpromenade der Garonne. Sie hatte 14 Zimmer, von denen zwei große Räume als Konsulatsbüro dienten.

Alles ging seinen normalen Gang. Die Kinder hatten bereits Studien- und Schulplätze gefunden, und Angelina gab ihnen, wie immer im Ausland, Portugiesischunterricht. Ich hatte meinen Dienst im Konsulat aufgenommen. Mein neuer Sekretär namens Seabra war ein angenehmer und kompetenter Mitarbeiter. Ich kam gut mit ihm aus.

Ich hielt meine Sprechstunden ab und kümmerte mich um die Pass- und Visaangelegenheiten. Der Andrang der Antragsteller stieg, blieb jedoch noch überschaubar. Bislang war eine Emigration nach Portugal weniger gefragt. So lange es noch andere Fluchtmöglichkeiten gab, dachte niemand als Erstes daran, von einer Diktatur in die nächste zu wechseln. Wer konnte, mied Portugal und seine Überseehäfen. Insbesondere die Intellektuellen und Künstler hatten kein Interesse, in ein Land mit strenger Zensur zu flüchten.

Neben meinen Büroarbeiten hatte ich zu repräsentieren: Einladungen von Honoratioren, Politikern und Handelspartnern. Diners, Bälle, Zeremonien, Empfänge, Salonabende. Plaudern, Politisieren, Intrigieren. Die Kunst war wie überall, das Wahre vom Unwahren, den Feind vom Freund zu unterscheiden. Es gehörte zu meinem Beruf, immer wieder zu erleben, wie Versprechungen sich in Luft auflösten und Abmachungen, die man getroffen hatte, in der nächsten Minute keine Gültigkeit mehr besaßen.

Als Repräsentant Portugals nahm ich auch an den offiziellen Zeremonien der Bastillefeierlichkeiten teil. Am Abend durften meine älteren Kinder mich begleiten, um sie in die Gesellschaft der Diplomaten einzuführen. Vor dem Galadiner ermahnte ich die Kinder, sich zu benehmen und nichts umzustoßen. Plötzlich warf ich selbst mein Rotweinglas um, der gute Tropfen ergoss sich über die Damasttischdecke und bespritzte meine weiße Uniform. Die Kinder brachen in schallendes Gelächter aus. Ich lachte am lautesten.

Dieses Lachen habe ich verloren.

*

Anfangs fühlte ich mich wohl in der Stadt. Ich machte Spaziergänge, besichtigte Bauwerke, besuchte Kirchen oder schlenderte an der Garonne entlang. An dem einen oder anderen Wochenende picknickten Angelina und ich mit den Kindern in einem der wunderschönen Schlossparks der Umgebung.

Die Mittagspausen verbrachte ich im Café auf dem Marktplatz, ich saß auf meinem Stammplatz, trank Espresso und studierte die französische und internationale Presse. Gerade hatte die Konferenz von Evian getagt, um die Fluchtmöglichkeiten für deutsche und österreichische Juden zu verbessern. Seit der Massenflucht der österreichischen Juden nach der Annexion des Landes hatten viele Staaten die Bestimmungen verschärft oder die Einwanderung von Juden ganz verboten.

Die Konferenz endete als Fiasko. Die Vertreter der 32 Teilnehmerstaaten sprachen ihr Bedauern über das Leid der Flüchtlinge aus, erklärten gleichzeitig, keine Flüchtlinge aufnehmen zu können.

Die Briten und Franzosen befürchteten, auch andere Staaten könnten die Gelegenheit nutzen, ihre Juden loszuwerden. Sie warnten davor, Juden aufzunehmen, da dies eine Flucht von Millionen von Ostjuden auslösen könnte. Man dürfe auf keinen Fall Flüchtlingen aus Polen, Rumänien, Ungarn und anderen Staaten aus Zentraleuropa helfen.

Kanada erklärte, es lebten im Land schon genügend Juden, und man müsse den Staat vor Unruhen und größerer »Beimischung fremden Blutes« schützen. Man wolle sich kein Rassenproblem schaffen. Auch die USA hielt an ihren Quoten fest, die lächerlich waren angesichts der vielen bedrohten Menschen.

Das Scheitern der Konferenz machte mich betroffen und irritierte mich. Ich wusste noch nicht, was dieses Ergebnis für mich bedeutete, malte mir aber natürlich mögliche Auswirkungen auf meine Arbeit aus.

Meine Verwirrung wuchs, je intensiver ich die Ereignisse verfolgte und zu begreifen versuchte, was um mich herum geschah. Die Situation spitzte sich immer mehr zu. Die Münchner Konferenz kam Hitlers territorialen Forderungen nach und beschloss die Abtretung der Sudetengebiete an das Deutsche Reich. Mit Jubel empfingen die Franzosen ihren Ministerpräsidenten Daladier auf dem Pariser Flughafen; das französische Parlament stimmte mit großer Mehrheit für das Münchner Abkommen. Chamberlain betonte die großen Sympathien für die kleine Nation, die im Streit mit einem mächtigen Nachbarn lag, das britische Reich könne sich aber um einer kleinen Nation willen nicht in einen Krieg stürzen. »Wenn wir uns schlagen müssen«, sagte er in BBC, »so müsste es sich um größere Probleme handeln als dieses.«

Nur Churchill wies auf den nicht wieder gut zu machenden Fehler dieser Entscheidung hin.

Dies war im Groben die politische Situation, die mich in den ersten Monaten in Bordeaux begleitete und die Welt, wie auch mich, in Erschütterung versetzte.

VERÄNDERUNG

Ich muss es erwähnen, denn es war der erste Ausbruch aus meinem geordneten Leben und zog sich durch alle Ereignisse, die folgten: In den Wochen, in denen sich alles zur Kriegsgefahr verdichtete, verliebte ich mich in eine junge Französin.

Andrée war eine begehrenswerte attraktive Frau, über zwei Jahrzehnte jünger als ich. Aber es ging nicht nur um körperliches Begehren, es war mehr, von der ersten Minute an. Andrée berührte in mir etwas, was mir in meinem Leben fehlte. Es war das freie, unabhängige und musikalische Leben, das sie mir vorlebte. Sie war Sängerin und Pianistin, hatte in Bordeaux Klavier und Gesang studiert und lebte das Musikerleben, nach dem ich mich sehnte. Meine musikalischen Wünsche erfüllte ich mir nur in laienhaft bescheidenem Maße als Opernliebhaber und Dirigent des Familienorchesters. Es wäre für mich undenkbar gewesen, Berufsmusiker zu werden. Mein Vater war Richter am Obersten Gerichtshof in Coimbra. Mein Zwillingsbruder César und ich hatten Jura studiert mit dem Ziel, die Laufbahn des Vaters einzuschlagen. Ich hatte mich in dem schwarzen Talar des Juristen immer fremd gefühlt. Die Jahre, die ich mit den Gesetzbüchern und spröden Formeln verbrachte, begeisterten mich wenig. Oft hatte ich den Wunsch, aus meinem Leben etwas anderes zu machen, eine ganz andere Richtung einzuschlagen, und immer war es die Musik, die mir vorschwebte, doch die Weichen waren gestellt. Ich hatte keine Möglichkeit, mein Studium abzubrechen.

Ein Richter verurteilt und bestraft. Warum war mein Vater nicht Verteidiger geworden, sondern Richter? Warum hatte er es vorgezogen, Menschen ins Gefängnis zu bringen statt zu versuchen, ihnen dieses Schicksal zu ersparen?

Richter zu werden, kam weder für mich noch für meinen Bruder infrage. Wir beide konnten uns unsere Zukunft nicht in einem Gerichtssaal und verborgen hinter Aktenbergen vorstellen. Mein Bruder und ich brachen aus, in der Weise, die uns möglich war. Wir wählten nach dem Studium den diplomatischen Dienst. Seit unserer Kindheit lasen wir Reiseberichte und Abenteuerromane, seit unserer Kindheit hatten wir den Traum, die Welt kennenzulernen.

Ich tauschte den Juristentalar gegen goldbestickte Galauniformen und Sultanskostüme, ich besuchte Feste und Empfänge, führte anregende Gespräche, ich reiste, lernte fremde Kulturen und Menschen kennen.

Die Diplomatenlaufbahn war angesehen und konnte unsere Eltern zufriedenstellen. Musiker zu werden, war etwas, woran ich nicht einmal denken durfte. Es hätte einen Affront gegen die ganze Dynastie Mendes bedeutet. Bei aller Liebe zur Musik ist mir bewusst, dass ich kein Pablo Neruda bin. Neruda war von Geburt an zum

Dichter berufen. Er arbeitete als Konsul, um das Auskommen zu haben, dichten zu können. Ich habe meine musikalische Leidenschaft niemals in dieser Intensität verfolgt. Und dennoch glaube ich, dass ich durch die Musik am intensivsten mit mir selbst in Berührung kam und ich durch sie den heimlichen Teil meiner Selbst entdeckte. – Ein Pater warnte mich einmal vor meiner übersteigerten Liebe zur Musik und den Künsten. Er hielt sie für gefährlich.

Andrée weckte alle geheimen Sehnsüchte in mir. Ich lernte sie in einem kleinen Kunstsalon kennen, den ich auf einem meiner Spaziergänge aufgespürt hatte. Sie saß am Piano, spielte und sang Lieder von Berlioz, in einer Weise, wie ich es bislang noch nicht gehört hatte. Während des Applauses trafen sich unsere Blicke. Die Vertrautheit, die uns erfasste, war der Beginn einer Liebe, die ich nicht für möglich gehalten hatte. Es war, als steckte in mir ein anderer.

Alle äußeren Bedingungen zogen einen tiefen Graben zwischen uns. Ein Abenteuer wäre in meinen Kreisen verstanden worden, eine aufrichtige Liebe, die dauerhaft neben der Ehefrau existierte, erlaubte meine gesellschaftliche Stellung nicht. Man hätte mich angegriffen, mir Verblendung, Verwirrung und Unverantwortlichkeit gegenüber der Familie vorgeworfen.

Ich selbst litt an großen Gewissensbissen. Ich, der treue, konservative, tiefgläubige Katholik, der seiner Frau 14 Kinder aufbürdete, weil sie von Gott gegeben waren, der in seinem Heimatdorf eine haushohe Jesusstatue hatte errichten lassen, ich, der den Heiligen Franziskus über alles verehrte, verliebte mich von einem Tag auf den anderen in eine junge Französin.

Trotz allem stand für mich fest: Ich würde Angelina niemals verlassen. Ich war seit 30 Jahren verheiratet. Durch die lange Zeit, die wir Seite an Seite lebten, hatten sich unsere Gesichter angeglichen, ja, sie ähnelten sich, die Fotos bezeugen es. Angelina war die Mutter meiner 14 Kinder, die sich um sie sorgte und sich für sie aufopferte, sie war meine Frau, die mir in allen Lebenssituationen zur Seite stand. Nur durch die glückliche Zeit, die wir miteinander verbracht hatten, bewältigten wir den Tod von Raquel und Manuel. Es waren Jahre, die die Trauer tragbar machten, ohne daran zu zerbrechen.

Andrée nahm ihre Situation als Geliebte in Kauf. Mit allen Konsequenzen.

Ich fürchtete mehr und mehr, meine Ehe durch sie zu zerstören. Ich versuchte, gegen meine Gefühle anzukämpfen, immer wieder führte ich mir meinen Glauben, meine Grundsätze vor Augen. Ich hielt innere Monologe, sprach Warnungen aus, fragte mich, wohin es mich zog, in welche Richtung mein Leben driftete. Ich erwog, mit ihr ein offenes Wort zu sprechen, mich von ihr zu lösen. Alles spricht gegen uns, Andrée, außerdem könntest du meine Tochter sein, hätte ich gern gesagt. Ich sagte es nicht, ich sagte nichts von all dem, was ich mir im Kopf ausmalte. Immer wieder endete ich beim gleichen Ergebnis. Es gelang mir nicht, Andrée aus meinem Leben zu verbannen.

Meine Entscheidung, Angelina niemals zu verlassen, änderte nichts an meinen geheimen Zusammenkünften mit Andrée. Es vergingen immer nur ein paar Tage, bis wir uns wiedersahen, und sei es nur für eine stürmische oder flüchtige halbe Stunde zwischen zwei Terminen.

Ich lernte Angelina gegenüber lückenlose Alibis zu erfinden, ohne mich in Widersprüche zu verwickeln. Angelina verabscheute Empfänge, Banketts und dergleichen. Dieser Widerwille ist auch nach den Jahren ihrer Schwangerschaften geblieben. Sie lebte nur für die Familie, für die Kinder und den Haushalt. Wirtschaft, Küche, Putzarbeiten, Rechnungsbücher, Kindererziehung, Kinderkrankheiten, Angelina organisierte, delegierte, versorgte. Alle Gedanken drehten sich nur um das Wohl, das Glück und die Gesundheit der Familie. Wenn sich für sie ein kleiner Freiraum bot, dann las sie lieber Romane, als mich zu begleiten. – Ich sah sie immer gern in ein Buch vertieft in der Bibliothek sitzen, nur von dem Schein einer Leselampe umgeben, es war eine so intime, ruhige Stimmung, deren Abgeschlossenheit und Intensität der kleine Lichtkegel, der die Buchseiten beleuchtete, untermalte.

Nun, es war aus den genannten Gründen nicht schwierig, ihr den einen oder anderen beruflichen Termin vorzutäuschen.

Die Lüge begann mich mehr und mehr zu umstricken. Manchmal war ich gezwungen, ohne Vorwarnung zu lügen, musste mich auf mein Gesicht und auf meine Stimme verlassen, um aufrichtig zu wirken, nichts an meinem Verhalten durfte mich verraten und ich benötigte meine ganze Energie, um beim Lügen ehrlich auszusehen.

Das ungeteilte, geruhsame Familienleben, die Regelmäßigkeit, in der alles seinen Lauf nahm, ließ sich nicht mehr wiederherstellen. Angelina führte das Leben der ahnungslos betrogenen Ehefrau, Andrée das der heimlichen Geliebten. Manchmal konnte ich dieses erbärmliche Versteckspiel nicht mehr ertragen. Trotzdem log ich weiter, erfand Ausreden, traf mich mit Andrée.

Oft wartete sie vergeblich auf mich. Sie führte das Leben aller Geliebten, die erst nach der Arbeit und nach der Familie an die Reihe kommen, die weder einen Platz bei beruflichen Banketts noch familiären Festen haben, die immer Rücksicht nehmen und im Verborgenen leben müssen.

Ich liebte zwei Frauen. Es waren verschiedene Lieben. Und keiner konnte ich gerecht werden.

HASS UND KRIEG

Die Ereignisse überstürzten sich. Hitler hatte die polnischen Juden deportiert. Seine Schergen rissen die Menschen am frühen Morgen aus den Betten und stopften sie in Waggons, die sie nach Polen brachten. Polnische Grenzwachen jagten ihre Landsleute zurück. Die deutschen Grenzer scheuchten sie wieder auf die polnische Seite. In Polen sperrte man die hin und her gehetzten und verstoßenen Menschen schließlich in Lager. Wenig später verlangte die polnische Regierung von anderen Staaten, die inhaftierten polnischen Juden aufzunehmen. Niemand wollte sie.

Die Nationalsozialisten verfolgten die Juden in Deutschland immer skrupelloser. Die Nacht des Novemberpogroms rüttelte die Welt zu Protesten auf, hatte allerdings nicht dazu geführt, mehr Juden aufzunehmen. Auch nach der Reichstagsrede, in der Hitler im Falle eines Weltkrieges die »Vernichtung der jüdischen Rasse in Europa« ankündigte, erbarmte sich niemand. Das Gegenteil trat ein. Weil immer mehr Menschen versuchten, aus Deutschland und den okkupierten Ländern herauszukommen, schotteten sich die Länder noch stärker gegen jüdische

Flüchtlinge ab. Die Folge war, dass sich die Anzahl von Visaanträgen in den portugiesischen Konsulaten erhöhte.

Das Unheil nahm seinen Lauf. Niemand vermochte es zu verhindern. Vier Monate, nachdem der Spanische Bürgerkrieg beendet war und Francos Herrschaft begann, brach der Weltkrieg aus. Die Deutschen überfielen Polen und überrollten die neutralen Länder Niederlande, Luxemburg und Belgien.

Viele meiner Freunde und Kollegen in Belgien waren jüdischer Herkunft. Ich war in größter Sorge um sie.

Angelina und ich saßen am Radioapparat und hörten den deutschen Sender. »Deutsche Truppen sind soeben in Belgien einmarschiert. Die Truppen haben soeben Löwen eingenommen. Bleiben Sie am Apparat. Weitere Nachrichten folgen gleich.«

Ein deutscher Schlager wurde gespielt. Die Musik unterbrach mitten im Refrain.

»Auch Antwerpen ist nun in deutscher Hand. HEIL dem Führer! HEIL, HEIL, HEIL!«

Aus dem Radio dröhnte übergangslos »Deutschland, Deutschland über alles, über alles in der …«

Wir schalteten ab. Schweigend saßen wir vor dem verstummten Apparat. Die Gewissheit, dass der Krieg unaufhaltsam auf uns zurollte, machte uns sprachlos.

*

Ich erfuhr von der Flucht der belgischen Regierung nach Paris und Limoges. Nur das Kolonialministerium hatte seinen Sitz nach Bordeaux verlegt. Der Kolonialminister De Vleeschauwer hatte sich in Bordeaux selbst zum Generalverwalter des Kongo ernannt und so die belgischen Kolonien vor den Deutschen gerettet. Später verbrachte er mit seiner Familie einige Zeit bei uns in Cabanas.

Im Konsulat wuchsen Unruhe und Verwirrung. Jeden Tag trafen neue Informationen ein. Die französische Regierung hatte eine Verordnung erlassen, nach der sich alle Bürger jener Staaten, die sich mit Frankreich im Kriegszustand befanden, zur Überprüfung in Fabrikhallen und Sportstadien einfinden mussten, um in Männer- oder Frauenlager überführt zu werden.

Zehntausende von Flüchtlingen, meist deutsche und österreichische Juden, waren in eines der zwei Dutzend Internierungslager gesperrt worden. Sie kamen als Feinde und Verfolgte Hitlers ins Land. Sie hatten versucht, Franzosen zu sein, oder zumindest künftige französische Staatsbürger. Nach Kriegsausbruch hielt die Regierung sie für Hitlers Freunde und Feinde Frankreichs und internierte sie als »boches«. Von Hitler bedrohte Menschen, und Menschen, die ihn bekämpften, waren zu Feinden geworden. Die französischen Behörden stellten sie mit den Nationalsozialisten gleich oder bezeichneten sie als Spione.

*

Andrée bat mich, sie in einer Kirche zu treffen. Ich sagte ab, die Situation erlaubte es nicht, es war Krieg, ich hatte keine Zeit, immer mehr Flüchtlinge versuchten, nach Frankreich zu fliehen. Sie ließ nicht locker, drängte mich, betonte immer wieder, wie wichtig es sei.

Schließlich nahm ich in der Mittagspause ein Taxi. Der Wagen schepperte durch die Stadt, es war stickig heiß, ich versuchte, die Scheibe herunterzudrehen … die Fensterkurbel war abgebrochen. Die Autos stauten sich an einer Baustelle, auf der Arbeiter Pfeiler einrammten. Neben mir stampften und krachten die Rammmaschinen, ich hielt mir die Ohren zu, während der Schweiß mir aus den Achselhöhlen die Rippen hinunterfloss.

Ich war froh, als es weiterging. Endlich hielten wir vor der Kirche. Ich bezahlte den Fahrer, stieg aus und eilte die Stufen des Portals hinauf. Der Stau hatte schon einen beträchtlichen Teil meiner Pausenzeit in Anspruch genommen.

Ich zog die Tür auf, bekreuzigte mich und betrat die Kirche.

Sie saß in einer der hinteren Bänke im Dämmerlicht. Ich schritt durch die Bankreihe und setzte mich neben sie. Ihre Augen leuchteten, ihre Wangen waren vor freudiger Erregung gerötet, als hätte sich nichts in der Welt ereignet. Sie schmiegte sich an mich, – mir war es nicht recht, ich hatte andere Sorgen und auch Gewissensbisse, mit ihr in einer Kirche zu sitzen. Was tat ich hier? Ich war Ehemann. Warum saß ich mit Andrée in einer Kirche? Im Angesicht Gottes. Gereizt bat ich sie, mir zu sagen, was so wichtig sei.

Sie führte den Mund an mein Ohr. Dann erfuhr ich von ihrer Schwangerschaft.

Mein Atem stockte. Ich hielt mir die Hände vors Gesicht wie Scheuklappen. Ich kam mir vor wie ein Schlafwandler, brüsk wachgerüttelt aus den Träumen, in denen er sich verloren hatte.

Was hatte ich angerichtet?

FLUCHT IN DEN SÜDEN

Die deutschen Truppen umgingen die Maginot-Linie, marschierten in Frankreich ein und eroberten in rasender Geschwindigkeit den Norden des Landes. Die Reichswehr machte auch vor Paris nicht Halt. Die französische Regierung und alle Zeitungsredaktionen waren bereits nach Bordeaux umgesiedelt. Ich wusste, Pétain und Laval wohnten im Rathaus, und De Gaulle ganz in der Nähe des Konsulats im Hôtel Majestic.

Telefonate über Telefonate, eine Flut von Telegrammen, die das Unvorstellbare bestätigten. Millionen von Menschen flüchteten vor den deutschen Soldaten in Richtung Süden, darunter fast eine Million Pariser und Emigranten. Sie flohen zu Fuß, auf Fahrrädern, in randvollen Zügen, in überladenen Autos, mit Menschen, die auf den Kotflügeln oder über den Gepäckträgern angegurtet waren. Mehrere Kolonnen reihten sich aneinander, oft zusammen mit Militärkonvois. Die Autofahrer standen im Stau. Viele hatten Pannen oder kein Benzin mehr. Sie ließen den Wagen und die meiste Habe stehen, nahmen einen kleinen Koffer mit Wäsche und gingen wie die Mehrheit zu Fuß weiter, fort von den Verfolgern und der Todesgefahr, Richtung Süden.

Immer mehr Menschen kamen in den unbesetzten Teil Frankreichs, Offiziere und Widerstandskämpfer, verfolgte Schriftsteller und Intellektuelle, unter ihnen einige, die von den Nazis zum Tode verurteilt waren, sowie unzählige jüdische Flüchtlinge aller Gesellschaftsschichten. Alle, die vor den Nazis nach Frankreich geflohen waren, machten sich erneut auf den Weg, um ihnen zu entkommen. Die Menschen flüchteten nicht nur aus Paris und Nordfrankreich, von überall aus den besetzten Ländern hatten sie sich auf den Weg gemacht, sie kamen aus Deutschland, Holland, Belgien, Polen, der Tschechoslowakei und Österreich in die nicht besetzten Regionen Frankreichs.

Die Deutschen jagten die Flüchtlinge, Tiefflieger bombardierten und beschossen die Kinder, Frauen und Männer, Bomben, Granaten und Maschinengewehrsalven sprengten die Flüchtlingskarawanen auseinander. Die Menschen suchten in den Straßengräben und Wäldern Schutz.

Viele hatten es nicht geschafft.

Die Schreckensberichte erschütterten mich so tief, dass mir schwindlig wurde.

Im Konsulat brachen Diskussionen aus über das, was uns erwartete. Alle Flüchtlinge hatten nur ein Ziel: Frankreich so schnell wie möglich zu verlassen, um nach Portugal zu gelangen. Inzwischen war es ihre letzte Chance, über Portugal zu entkommen, der einzige Weg, der für sie noch offen stand und ihnen die Tore nach Übersee öffnete.

Die Flüchtlinge strömten nach Bordeaux. Die Bevölkerung hatte sich mindestens vervierfacht. Tausende Verfolgte, Vertriebene, zum großen Teil Jüdinnen und Juden, kamen täglich in die Stadt und standen vor meinem Konsulat!

Ein vereinbartes Treffen mit Andrée hatte ich trotz ihrer Schwangerschaft vergessen. Ich vergaß es. Wie sollte ich es nicht vergessen in der Situation, in der ich mich befand, einer Situation, die meinen Kopf bis zum Bersten mit Fragen und Anforderungen füllte und meine Gefühle durcheinanderwirbelte.

Ich blickte aus dem Fenster, sah die Menschenmasse, sah Flüchtlinge in zerfetzter Kleidung, sah in ihre von der Angst um ihr Leben gezeichneten Gesichter, sah Fahrzeuge, in deren Karosserien von Granatsplittern hineingerissene Löcher aufklafften. Menschen über Menschen drängten sich auf dem Platz. Sie glichen einem Ameisenhaufen in Panik.

Ich ging hinunter, mischte mich unter sie, hörte von Ereignissen, die ich nicht für möglich gehalten hatte, hörte, was sich hinter dem Wort KZ verbirgt, hörte von Willkür, Folter, Erschießungen. Plötzlich hämmerte in meinem Kopf der Gedanke: Allen diesen Menschen stand nur Grausames bevor, sie lebten in Erwartung einer Katastrophe, die über sie hereinbrechen würde, und ich, Aristides de Sousa Mendes, Generalkonsul in

Bordeaux, war eine ihrer letzten Chancen, den Nationalsozialisten zu entkommen.

Es war eine Situation, die ich bislang nicht erlebt hatte. Ich war direkt konfrontiert mit dem Krieg und seinen Auswirkungen, ich stand Flüchtlingen gegenüber, die immer mehr in die Enge getrieben waren, die um ihr Leben fürchteten. Ich allein sollte ihnen helfen.

Druck, was sich in mir ausbreitete, war Druck, angefüllt mit meinem Mitleid und der Erkenntnis, nicht helfen zu können. Es war nicht möglich. Ich kannte die politischen Verkettungen Portugals und Salazars Einstellung zu Juden, die versuchten, nach Portugal zu kommen. Mir waren die Hände gebunden!

*

Salazar beabsichtigte, die Neutralität Portugals aufrechtzuerhalten.

Hätte er sich entschieden, die Alliierten zu unterstützen, wäre das Land von den Deutschen überfallen worden. Hätte er sich offen mit den Deutschen verbündet, wären Englands Truppen in Portugal gelandet. Als schwacher Nachbar Spaniens benötigte Portugal zudem die Bindung an die Briten, um Francos Wunsch nach einer Vormachtstellung im gesamten iberischen Raum entgegenzutreten.

Bei allem Abwägen war eines eindeutig: Salazars Sympathie galt Franco, Mussolini und Hitler. Für Salazar war das Dritte Reich eine Schutzmacht gegen die

Russen. Er agierte allerdings mit Vorsicht, denn es gab Pläne Deutschlands, die iberische Halbinsel zu besetzen.

Salazar hasste die Juden nicht aus rassistischen Gründen, er wollte dennoch keine jüdischen Flüchtlinge im Land, er sah Staat und Regime durch eine Massenimmigration nach Portugal und seinen Kolonien bedroht. Vor allem die Amerikaner und Briten hatten versucht, europäische Juden in der Kolonie Angola oder anderen portugiesischen Kolonien anzusiedeln. Salazar hatte entschieden abgelehnt. Zudem verschlechterten sich Jahr für Jahr die Einreisebedingungen.

Mir war das nicht entgangen, ich war ja tagtäglich damit beschäftigt, Passvergabe- und Einreiserichtlinien zu verfolgen und befolgen.

Heute, in der Rückschau, kann ich sagen: So vieles war vorhersehbar, aber Politiker, Diplomaten und Beamte dachten nur an sich selbst, jeder bekam immer neue Verordnungen in die Hand, die er ohne Schaden zu nehmen erfüllte, auch wenn die Bestimmungen Menschen ins Unglück stürzten und gefährdeten. Wir erkannten, dass sich etwas zusammenbraute, wir hatten dunkle Ahnungen. Niemand sprach darüber, lieber nicht denken an das Elend und die Bedrohung derjenigen, die Hilfe brauchten, lieber alle Anordnungen befolgen, zum Wohle seiner selbst und des Vaterlandes.

Ich saß wie alle Konsuln auf meinem Posten und führte die Verordnungen aus. Ich nahm die zunehmende Abschottung Portugals hin, wenn auch nicht mit einem gleichgültigen Achselzucken, sondern mit wachsender Skepsis, die schließlich in Missmut umschlug. Der Weg bis dahin war lang. Die Bestimmungen hatten sich kontinuierlich zu Ungunsten der Juden entwickelt. Es ist ein wenig mühsam, all die Veränderungen und Verschärfungen aufzuführen und nachzuvollziehen, ich kann und will mich nicht in komplizierten Sachverhalten verlieren, sondern nur die überschaubaren Fakten benennen. Dies aber ist unumgänglich, sonst lässt sich nicht verdeutlichen, was sich sukzessive abspielte und mich in meinem Wirken immer stärker einschränkte.

Bis 1938 benötigten viele Nationalitäten, auch jüdische Deutsche und Österreicher, nur einen Reisepass für die Einreise. Seit 1936 waren vermehrt Juden mit gültigem Reisepass eingereist, den die deutsche Gesandtschaft in Lissabon jedoch oft nicht verlängerte. Daraufhin nahm die portugiesische Polizei die meisten der eingereisten Juden fest und wies sie wieder aus. Diejenigen, die bleiben konnten, erhielten keine Arbeitserlaubnis mehr, auch nicht als Selbstständige.

1938 nahm die Emigration nach Portugal weiter zu. Deutschland unterstützte die Ausreise und organisierte Sammeltransporte. Zunächst hatten die Deutschen den Juden alle Pässe entzogen, dann stellten sie ihnen neue Reisepässe aus, die mit einem Sonderstempel »Ausgewandert« versehen waren. Sobald die Menschen Deutschland verlassen hatten, verloren die Pässe in Deutschland ihre Gültigkeit, was bedeutete, alle

Juden waren von nun an staatenlos und konnten nie mehr in ihre Heimat zurück.

Alle Juden mit Pässen und dem Stempel »Ausgewandert« benötigten von nun an ausnahmslos ein Visum der portugiesischen Konsulate. Das widersprach jeder rechtlichen Grundlage. Ein portugiesisches Visum war bis zu diesem Zeitpunkt nicht nötig, es gab keine Visapflicht zwischen Deutschland und Portugal. Zusätzlich war es Juden seit Neuem verboten, sich im Land niederzulassen. Wie alle Konsuln musste ich von nun an Visa ausstellen, und die Juden durften nur noch durchreisen.

Bis hierhin hatte ich alle Anordnungen befolgt, bis hierhin tat ich meine Arbeit, wie sie mir aufgetragen war, auch, wenn meine persönlichen Bedenken wuchsen. Jeder Beamte auf der ganzen Welt wusste, welchem Druck die Juden in Deutschland ausgesetzt waren. Sie mussten das Land verlassen, so lange es ihnen noch irgendwie möglich war.

Die einschränkenden Bestimmungen hielten die Flüchtlinge natürlich nicht ab. Ihre ausweglose Situation trieb immer mehr Menschen nach Portugal. Salazar reagierte mit weiteren drastisch verschärften Einreisebedingungen. Wenige Wochen nach Kriegsausbruch untersagte er allen Konsuln, selbsttätig und ohne Rücksprache Transitvisa auszustellen. Für jeden Antrag musste ich nun nach Lissabon telegrafieren, um die Erlaubnis und die Bestätigung des Außenministeriums einzuholen.

Die meisten Anträge, die ich per Fernschreiben nach Lissabon schickte, blieben unbeantwortet, niemand kümmerte sich um ihre Bearbeitung, als sei alles sofort abgeheftet oder im Papierkorb gelandet, wenn überhaupt eine Antwort kam, erhielt ich eine Ablehnung.

Ich weiß nicht, von wem dieser Satz stammt, er kam mir plötzlich ins Gedächtnis: Von allen Kräften der Welt ist die Gleichgültigkeit die fürchterlichste.

Für mich war eine Grenze erreicht. Mein Groll wuchs.

Menschen, die Hilfe brauchten, waren für das Außenministerium nur eine unerwünschte lästige Masse, die von Portugal ferngehalten werden sollte. Ich zog meine Konsequenzen aus dem Verhalten der Regierung. Etwas in mir sagte: Das kann ich nicht einfach über mich ergehen lassen.

Schließlich unterzeichnete ich ohne Befugnis ein Visum für den jüdischen Historiker Wiznitzer und seine Familie aus Wien. So begann es. Ich stellte weitere Visa aus. Ich tat es einfach aus der Situation der Not heraus. Dieses Papier, dieser Stempel, den ich vergab, war das Dokument, das eine Rettung überhaupt erst ermöglichte.

Ich hatte gegen die Vorschriften bereits mehrmals verstoßen, als ein erster Verweis meiner vorgesetzten Dienststelle eintraf. Ich ließ mich nicht einschüchtern. Es gab keine andere Lösung. Ich fälschte sogar einen Pass. Ist es in einer lebensbedrohlichen Situation nicht unwesentlich, ob Papiere und Pässe legal oder illegal beschafft werden? Ich begann mich zu fragen, warum man einen Menschen ohne Legitimationspapiere in diesen Zeiten überhaupt als Illegalen bezeichnete.

Dies war die Situation, bevor es zum Eklat kam, bevor sich meine gesamte Existenz umwälzte. Ein einziges Stück Papier brachte das Fass zum Überlaufen. Bis heute kann ich nicht fassen, was geschah, bis heute gären Unverständnis und Empörung in mir.

DAS RUNDSCHREIBEN

Im November 1939 erhielten alle Konsuln das Rund-schreiben Nummer 14. Wenn ich nur daran denke, gerate ich in die gleiche Aufgeregtheit wie damals.

»Hören Sie, Seabra«, rief ich, »Salazar ordnet seinen Konsuln an, an Ausländer mit unbestimmter Nationa-lität, an Russen und an Juden, die aus ihren Herkunfts-ländern vertrieben werden und nicht mehr in ihre Hei-matländer zurück können, keine portugiesischen Visa mehr auszustellen. Wissen Sie, was das bedeutet? Das bedeutet: Den meisten Flüchtlingen ist es von nun an verboten, in Portugal einzureisen. Draußen stehen Tau-sende von Menschen, sie waschen und rasieren sich nicht, sie essen und trinken nicht, sie vermeiden, aus-zutreten, aus Angst, ihren Platz in der Schlange zu verlieren, sie tun es für ein Visum, um den Nazis zu entkommen!«

Immer wieder telegrafierte und telefonierte ich nach Portugal, immer wieder bat ich die Behörden um Ins-truktionen, wie ich mit den vielen Flüchtlingen ver-fahren solle, immer wieder wies ich auf die Unmög-lichkeit hin, für jeden Flüchtling einen schriftlichen Antrag zu stellen.

»Halten Sie sich an das Rundschreiben!«, war die Antwort. »Halten Sie sich an das Rundschreiben!«

Das Rundschreiben, das Rundschreiben, es handelte sich um einen aus Bürokratenhirnen hervorgebrachtes Stück Papier, dessen Inhalt nicht nur unmenschlich, sondern auch verfassungswidrig war. Ausländern durfte weder aufgrund ihrer Religion noch ihrer politischen Einstellung der Aufenthalt in Portugal verwehrt werden. Um das zu wissen, brauchte ich mein Jurastudium nicht.

Diese Menschen waren in Not!

»Das ist inakzeptabel, das kann ich nicht hinnehmen«, rief ich Seabra entgegen.

»Wir haben Anweisungen, was sollen wir anderes tun, als sie zu befolgen?«, war seine Antwort.

»Das geht so nicht, Seabra, Sie selbst sehen doch, was hier los ist.«

Es traf ein weiteres Rundschreiben aus Lissabon ein, das die Anweisungen des ersten Rundschreibens nochmals verschärfte. Ich durfte nur noch Visa für den Transit mit nur 30 Tagen Gültigkeit ausstellen, und die Flüchtlinge hatten nun zusätzlich ein Land in Übersee und ein Ticket für die Schiffspassage vorzuweisen.

BEGEGNUNG

Ich fuhr an der Synagoge entlang. Ich kam nur im Schritttempo voran, Menschenmassen kampierten auf dem Vorplatz und auf den Straßen. Sie hatten auf einen Schlafplatz im Vorraum der Synagoge gehofft, der schon lange vollkommen überfüllt war.

Ich hielt an, stieg aus und sprach einen Rabbiner in meiner unmittelbaren Nähe an, er hieß Chaim Krüger, er stammte aus einem kleinen polnischen Dorf, er hätte bereits unter der polnischen Judenfeindlichkeit gelitten, begann der Rabbi zu erzählen.

»Ich erfuhr, wie Nationalsozialisten in Berlin Juden auf offener Straße misshandelten und töteten. Die Situation in Deutschland machte mir immer größere Angst«, sagte er. »Ich fürchtete, die Nazis würden bald Polen einnehmen, und so plante ich die Emigration.«

Dank seiner Ersparnisse konnte er 1938 mit Frau und Kindern nach Brüssel entkommen. Als die Deutschen in Polen eindrangen, und gleich danach in den Niederlanden, war es unverkennbar, dass sie auch Belgien einnehmen würden. Die Familie floh nach Paris, ging dann sofort in den Südwesten, weil die Deutschen inzwischen auch in Frankreich einmarschiert waren. Zweimal am Tag tauchten deutsche Kampfflugzeuge am Himmel auf, die den Flüchtlingskonvoi bombardierten und beschossen.

Seine Stimme begann zu zittern: »Die Toten lagen blutüberströmt auf den Straßen. – Es ist furchtbar, noch immer höre ich die Schreie der Sterbenden. – Gott sei Dank, wir blieben am Leben.«

Sie wollten zur Grenze, Spanien durchqueren, nach Portugal einreisen und nach Amerika zu Verwandten fahren. Chaim Krüger war gleich, nachdem er in Bordeaux ankam, zum spanischen Konsulat gegangen, um Visa für alle zu erhalten.

Ich erklärte dem Rabbi, dass die Deutschen Franco während des Spanischen Bürgerkriegs unterstützten, Spanien deshalb keine Nazi-Flüchtlinge aufnahm, sondern nur diejenigen, die nach Portugal gingen, durchreisen ließ.

»Das portugiesische Visum ist Voraussetzung für das spanische Transitvisum«, sagte ich, »aber leider hat auch Portugal die Visarichtlinien drastisch verschärft. Ich werde sehen, was ich tun kann. Sie benötigen dann allerdings auch noch ein französisches Ausreisevisum. Sie erhalten es erst, wenn Sie die anderen Visa beisammen haben.«

Der Rabbi seufzte tief. Ich sah den verzweifelten Mann mit seiner Frau und den sechs Kindern ohne Bleibe auf der Straße stehen, fühlte mich ihm auf einmal so nah in seiner Sorge um seine Familie. Was hatten sie durchgemacht, noch dazu mit Kleinkindern und einem Säugling, der auf den Armen der Mutter weinte. Ich erschauerte plötzlich bei der Vorstellung, ich müsste mit meiner ganzen Familie von Land zu Land fliehen, überall verfolgt, weil ich so war, wie ich war. Wer sagte mir, dass nicht eines Tages die Katholiken verfolgt würden, oder wieder Menschen mit roten Haaren oder was weiß ich wer?

Spontan bot ich der Familie an, sie in meiner Dienstwohnung unterzubringen. Wir hatten viel Platz. Nur Angelina, mein Sohn José und ich bewohnten bei Kriegsausbruch die große Bordelaiser Wohnung. Wegen der Kriegsgefahr hatte ich die anderen Kinder in Begleitung der Kinderfrau nach Portugal gebracht. Ich war dazu nicht befugt gewesen, ich tat es heimlich.

Nachdem ich Familie Krüger eingeladen hatte, bei uns zu wohnen, nahm Chaim mich in den Arm und weinte. So begann unsere Freundschaft.

Ich beantragte sofort Visa für die ganze Familie. Der Antrag war zusammen mit etwa 30 weiteren Anträgen abgelehnt worden. Ich versprach Chaim, die Visa für alle Familienmitglieder auch ohne Erlaubnis auszustellen. Ich hatte Erleichterung, vielleicht auch Freude erwartet. Chaim blieb ernst. Er sah mich an und sagte:

»Meine Familie zu retten, reicht nicht, sieh aus dem Fenster, sieh die vielen Menschen, die alle in Todesgefahr schweben. Du musst auch alle meine Brüder und Schwestern retten. Die Konzentrationslager und die Pogromnacht, Hitlers Reden machen deutlich, was uns erwartet, wenn wir in die Hände der Deutschen fallen.«

Ich spürte, wie mir das Blut aus dem Kopf wich.

IN KLAUSUR

Ich ließ Chaim ohne Antwort stehen und zog mich in mein Zimmer zurück. Ich stand allein mitten im Raum, reglos, wie ein Mensch, der sich in der Leere wiederfindet. Ich verstand noch nicht genau, was mit mir geschah, in meinem Inneren war etwas, das mich in zwei Stücke riss, als würde zwischen den Körperhälften ein unüberwindlich tiefer Spalt klaffen. Alles schwankte und drehte sich um mich herum, die Beine versagten mir, ich ließ mich aufs Bett fallen, todmüde und krank. Ich lag starr auf der Matratze, als hätte man mich niedergeschlagen, in meinem Kopf hämmerte und rauschte es. Das Blut flirrte. Schläfenpochen. Was sollte ich tun? Was tun? Was tun? Ängste stiegen auf. Ich wälzte mich hin und her … All die Menschen … Ich kann nicht … Meine Familie, die Konsequenzen … Chaims Stimme erklang immer wieder: Meine Familie zu retten, reicht nicht. Sieh aus dem Fenster, sieh aus dem Fenster …

Ich hörte mich stöhnen. Angst und Beklemmung überkamen mich immer stärker. Fliehen, mich der Verantwortung entziehen. Fortgehen, flüchten. Wohin flüchten, wenn ich Tausende von Menschen auf dem Gewissen habe? Es gibt doch nicht nur die Pflicht für den Staat, es gibt auch eine menschliche Pflicht … Ich

kann die Menschen nicht ihrem Schicksal überlassen …
Ich bin Konsul und vertrete die Interessen Portugals …
Es sind Interessen, die gegen die Menschlichkeit ver-
stoßen … Ich habe einen Beamteneid geschworen …
Es ist ihre letzte Möglichkeit zu fliehen … Aber die
Konsequenzen … Alle werden im KZ enden …

Ich lag schon zwei Tage im Bett, hungrig, unge-
waschen, verstört. Es gab niemanden, der mir helfen
konnte. Ich war allein, so allein, als hätte jemand mich
in der Wüste vergessen. Ich schlug um mich und fie-
berte, weil der Druck so groß war, Druck in den Augen,
in den Schläfen, im Magen, ich hätte schreien mögen,
ich ertrug dieses Grübeln nicht mehr. Es war, als hätte
eine kalte Hand mir die Kehle zugedrückt. Mir war
bitterkalt, mich fröstelte, eiskalter Schweiß perlte auf
der Stirn.

Wie aus dem Nichts sprang der Heilige Franziskus
in meine Gedanken. Franziskus hörte eine Stimme,
die ihn fragte:

»Wer kann dir Besseres geben? Der Herr oder der
Knecht?«

Franziskus antwortete: »Der Herr!«

»Warum dienst du dem Knecht statt dem Herrn?«

Franziskus: »Was willst du, Herr, das ich tun soll?«

Die Frage hallte mehrmals in mir nach: Was willst
du, Herr, das ich tun soll, was willst du, Herr, das ich
tun soll?

Ich stand mir selbst gegenüber, Auge in Auge. Wer
bin ich denn, wenn ich nicht helfe, fragte ich mich

plötzlich. Ein Unmensch, ein herzloser Christusanbeter, ein Heuchler vor dem Herrn. Was wäre, wenn *meine* Familie fliehen müsste und niemand käme ihr zu Hilfe?

Es gibt zwei schlichte Gebote: Was du nicht willst, das man dir tu, das füg auch keinem Andern zu, oder: Liebe deinen Nächsten wie dich selbst.

Nur der Mensch kann dem anderen Menschen helfen. Nur der Mensch kann es.

Jeder Einzelne von uns hat immer eine Wahl, zwischen Gut und Böse zu entscheiden.

Das Stimmengeraune der Menschenmenge stieg zum Fenster hinauf und drang immer lauter in meine Ohren. Plötzlich erkannte ich in aller Deutlichkeit: Ich würde Salazars Befehle niemals ausführen können, ohne mich bis ans Ende meines Lebens schuldig zu fühlen. Ein Rücktritt von meinem Amt als Konsul war ebenso undenkbar. Ich musste diesen Menschen helfen. Sie warteten und hofften auf mich!

Es war, als würden Mauern aufbrechen. Ich kann es nicht anders beschreiben, denn ich beschreibe etwas, was ich nicht begreife und was eigentlich nicht in Worte zu fassen ist.

Endlich hatte ich Klarheit gewonnen, endlich wusste ich, was zu tun war. Drei Tage und drei Nächte brauchte ich für diese Erkenntnis.

Es war einer der intensivsten Augenblicke meines Lebens. Ich hatte bislang nichts Gleichartiges erlebt. Viele Male habe ich über diese einzigartige Minute

nachgedacht, versuchte zu fassen, was in mir vorge-
gangen war, hörte immer wieder die Stimme, die von
Ferne ertönte, die mir half, meine Entscheidung zu
treffen, rekapitulierte die Sekunde, in der sich in mir
ein klares Nein zu Salazars Bestimmungen formierte.
Ich war plötzlich so sicher. Ich war bereit, die Verantwortung zu tragen, die mir auferlegt war. Die Ruhe,
die sich in mir ausbreitete, und die Last, die von mir
abfiel, gaben mir Gewissheit.

In dem Moment, in dem meine Zweifel verschwunden waren, kehrte meine Kraft zurück, nie in meinem
Leben spürte ich eine ähnliche geballte Kraft, es war
eine Macht, die stärker war als meine Angst, eine Kraft,
die mir Mut und Zuversicht einflößte, ich dachte nicht
mehr über mein Schicksal nach, ich sprang aus dem
Bett, lief ins Badezimmer, sah in den Spiegel, erkannte
mich kaum. Mein Haar hatte sich in jenen drei Tagen
schneeweiß verfärbt. Mit Befremden betastete ich mein
verblichenes Haar.

Diese drei Tage hatten mich innerlich wie äußerlich
verändert.

DIE ENTSCHEIDUNG

Ich betete zu Gott, mir die Kraft zu geben, alles, was auf mich zukommen würde, zu bewältigen. Ich spannte alle Muskeln an, drückte die Klinke, riss die Tür auf, eilte aus dem Zimmer, rief meine Frau, meinen Sohn, Chaim, meinen Sekretär. Ich ließ ihnen keine Zeit, sich über meine weißen Haare zu äußern.

»Ich habe genug gehört von den Verbrechen der Nazis«, sagte ich. »Mit welchem Recht stellen sie Juden als Bedrohung dar und verfolgen sie gnadenlos? Mit welchem Recht sperren sie sie ein, quälen und töten sie? Mit welchem Recht sollte ich den Menschen die Flucht verwehren? Ich werde von nun an allen Flüchtlingen ein Visum ausstellen, die eines benötigen, unabhängig von ihrer Nationalität, Rasse oder Religion. Ob Jude, Protestant, Katholik, Muslim, ob Deutscher, Franzose, Pole, Russe, Tscheche oder Staatenloser, meine Entscheidung steht fest: Es gibt Visa für alle!«

Betretenes Schweigen erfüllte den Raum. Nach ein paar Sekunden ergriff Angelina meine Hand und sagte: »Gott wird uns helfen.«

Es lag jetzt alles in meiner Hand, die vielen Tausend Menschen zu retten, die aus ganz Europa nach Bordeaux gekommen waren. Mir blieb nicht viel Zeit. Es bedrückte mich, drei Tage mit Grübeln vergeudet zu haben, und ich fragte mich im Nachhinein, warum ich so einfältig war, das Unvermeidliche und Richtige nicht sofort erkannt zu haben.

Am 16. Juni, es war ein Dienstag, öffnete ich die Tür zum Büro. Salazar starrte mich von der Wand an. Die schwarze Eminenz mit seinem hageren, unnahbaren Gesicht hing in jedem portugiesischen Amtszimmer der Welt.

Ich hängte sein Bild ab, drehte es mit der Rückseite nach oben und schob es in die unterste Schublade meines Schreibtisches.

»Jeder, der ein Visum benötigt, wird eines erhalten. Es gibt keine Ausnahmen«, rief ich in die wartende Menge.

Ein Aufraunen. Klatschen und Jubelschreie folgten. Und die Lawine aus Menschen begann zu rollen.

Die von der Sommerhitze aufgeheizten Büroräume waren mit Flüchtlingen überfüllt. Mein sonst stets aufgeräumter Schreibtisch, auf dem jeder Gegenstand, jedes Formular dort lagen, wo ich es gewohnt war, verwandelte sich in wenigen Minuten in eine unübersehbare Fläche von Papieren und Pässen. Ungeachtet der vielen Jahre, die ich im Staatsdienst Portugals stand, ungeachtet der drohenden Konsequenzen für meine Familie wanderte Visum für Visum gestempelt und unterschrieben in den Besitz der Flüchtenden.

Es gab keinen ruhigen Winkel mehr. Auch in unseren Privaträumen nahmen wir immer mehr Flüchtlinge auf. Angelina umsorgte sie Tag und Nacht, manchmal waren es an die 30 Personen. Sie gab ihnen Gelegenheit, sich zu waschen, besorgte Decken und Nahrung. Die Menschen besaßen kaum mehr als ihre Kleidung, die sie auf dem Leib trugen, schliefen auf Sesseln und Stühlen, auf dem Boden, überall, wo sich noch ein Platz bot. Todmüde vom Warten auf der Straße verharrten sie auf unserer Treppe, bis sie Einlass bekamen.

Im Café Tortoni, wo die Flüchtlinge die meisten Informationen zum Kriegsverlauf und über die Konsulate austauschten, war die Nachricht schnell angekommen. Noch mehr Menschen strömten zum Konsulat.

Ich wollte keine einzige Minute mehr verschwenden. Ich unterschrieb Pässe, Pässe, Pässe. Mein Sekretär setzte die Stempel, nicht ohne immer wieder darauf hinzuweisen, in welche Gefahr ich mich durch mein Handeln begäbe.

»Sie widersetzen sich allen Vorschriften, Sie sind dabei, Ihre Karriere und das Leben Ihrer Familie zu zerstören.« Er berührte meinen Arm. »Bitte, es liegt mir fern, Sie zu kritisieren, ich kenne die Gründe für Ihre Entscheidung, aber bedenken Sie bitte, wenn Sie nicht einen anderen Weg einschlagen, steuern Sie sich und Ihre Familie geradewegs ins Verderben. Sie müssen eine andere Lösung finden.«

»Welche«, rief ich, »welche denn? Und nun lassen Sie uns weiterarbeiten. Nun machen Sie schon, stempeln Sie in Gottes Namen!«

Hände, die sich mir entgegenstrecken, Stimmen, die rufen und klagen, Mann im KZ, Eltern in Gefahr, Kinder krank, kein Essen mehr, kann nicht mehr, bitte, schnell, muss weg, bitte, meine Familie, ein Kind tot, flehe Sie an, meine Kinder ... Es war eine menschliche Katastrophe, die mich an den Rand meiner Kraft brachte.

Wir waren zu langsam und wählten eine neue Methode. Chaim Krüger lief auf die Straße, sammelte die Pässe in Säcken ein und brachte sie zu mir ins Büro. Ein kurzer Text für das Transitvisum, Unterschrift, Stempel. Auch José half mit. Und Pedro Nuno, der sein Studium in Coimbra unterbrach, um uns im Konsulat zu unterstützen. Als er vor dem Eingang stand, ließen die Flüchtlinge ihn nicht herein, nicht einmal, als er rief, er sei der Sohn des Konsuls und wohne hier. Niemand glaubte ihm. Chaim musste ihn abholen, damit er Zutritt bekam.

»Es kommen immer mehr«, rief Pedro Nuno, »man braucht über eine Stunde, um von der Côte des Pavillons bis zur Steinbrücke zu gelangen. Auch der Bahnhof ist mit Menschen überfüllt. Ein Zug nach dem anderen läuft ein. In der ganzen Stadt stürmen die Flüchtlinge die Läden und Restaurants. Bald werden sie alle hier sein.«

Einsammeln, ausfüllen, stempeln, unterzeichnen, austeilen. Einsammeln, ausfüllen, stempeln, unterzeichnen, austeilen. Bei jedem Namen, den Chaim auf der Straße aufrief, hörte ich Menschen vor Erleichterung aufschreien.

Die Hektik nahm zu. Wir achteten nicht mehr auf unser Aussehen. Ich saß verschwitzt, mit zerwühltem Haar und knittrigem Anzug im Büro, während Chaim ohne seine Kippa zwischen Straße und Büro hin und her rannte. Wir konnten weder auf unser Äußeres, noch auf die unerträgliche Hitze dieser Tage Rücksicht nehmen, wir hatten nur einen Gedanken, so viele Visa wie möglich auszustellen.

Es kam zu Prügeleien. Jeder wollte der Erste sein, jeder wollte die Seinen in Sicherheit wissen. Die Menschen stießen sich beiseite, hieben mit Fäusten aufeinander ein, verteilten Fußtritte, es war eine außer Kontrolle geratene Menschenmasse, die aufeinander einschlug. Es war schrecklich mitanzusehen, wie die Angst Gewalt erzeugte. Ich musste einige Soldaten rufen lassen, die in den Büros für Ordnung sorgten. Ich weiß nicht, wie ich das alles durchgestanden habe.

Das Konsulat hatte keine Schließzeiten mehr. Bis in die Nacht hinein stellte ich Visa aus, ich hatte 48 Stunden nicht mehr geschlafen, immer wieder führte ich den Stift so schnell ich konnte über die Formulare. Angelina kam mit einem Verband, um meine beginnende Sehnenscheidenentzündung zu verarzten. Wegen der Schmerzen und der fehlenden Zeit kürzte ich meinen Namen und unterschrieb nur noch mit »Mendes«.

Angelina versorgte die Menschen Tag und Nacht mit allem, was ihr möglich war. Ich weiß nicht, woher sie die Kraft nahm, sie kochte ihnen Mahlzeiten, verarztete ihre Blessuren und Krankheiten, heiterte die Kinder auf und war zu jeder Zeit für sie da.

Die Deutschen rückten immer näher. Wie im Fieber stellte ich Visa aus. Seit drei Tagen arbeiteten wir im Akkord, meine Müdigkeit lähmte mich, ich musste dagegen ankämpfen und kippte Unmengen Kaffee mit viel Zucker hinunter, fünf Tassen, zehn Tassen, zehn Kannen, ich weiß es nicht, Mendes, Mendes, Mendes, Mendes, kratzte die Feder, schließlich war ich über den Punkt hinaus, noch irgendetwas zu spüren, befand mich in einer Art manischem Wachsein, das keinerlei Gedanken mehr über mein Befinden zuließ.

Wir arbeiteten in rasender Geschwindigkeit, wir hatten keine Zeit mehr, die Antragsteller schriftlich aufzulisten oder die fälligen Gebühren zu erheben und einzunehmen, wir verteilten die Visa kostenlos.

Es kam der Moment, in dem ich Otto von Habsburg und seiner Frau ein Visum ausgestellt hatte. Er reiste unter dem Namen Otto Bar, er gehörte zu den sehr gefährdeten Menschen, stand Hitler feindlich gegenüber und hatte ein Treffen mit ihm mehrmals abgelehnt. Von Habsburgs Sekretär war gekommen, um die Visa zu besorgen. Für ihn stand fest, dass die französische Regierung einen Waffenstillstand aushandeln würde, was für die kaiserliche Familie und alle Österreicher höchste Gefahr bedeutete. Am Abend kam er noch ein zweites Mal, legte mir einen großen Stapel Pässe auf den Schreibtisch und bat um etwa 100 Visa für seine Landsleute, die sich in der Stadt aufhielten.

Ausfüllen, stempeln, unterzeichnen. In wenigen Minuten waren die Visa ausgestellt.

Noch am selben Abend bat Charles Oulmont um meine Hilfe. Er war Schriftsteller und Professor an der Sorbonne gewesen und hatte Texte gegen Hitler und sein Regime veröffentlicht. Er versprach mir die Hälfte seines Goldes für ein Visum. Ich verzichtete, stellte ihm ein Visum aus. Aus Furcht vor Gestapo-Spitzeln weigerte er sich, das Konsulat zu verlassen. Ein paar Tage wohnte er mit uns zusammen. Später nahm ich ihn im Diplomatenauto mit nach Bayonne. Von dort aus gelang ihm dann die Flucht.

Oulmont und die Habsburgfamilie waren nicht die einzigen angesehenen Flüchtlinge, die mich aufsuchten. Viele bekannte Frauen und Männer erhielten von mir Visa. Politiker, Maler, Musiker, Schauspieler, Schriftsteller, Wissenschaftler mussten ebenso fliehen wie die einfachen Menschen, und die Juden aus dem Osten ebenso wie die westeuropäischen. Ich machte keinen Unterschied. Für mich waren alle Menschen in Not.

Jede halbe Stunde sendete das Radio Kriegsnachrichten, jede halbe Stunde ertönten im Büro die Anfangstöne der Marseillaise. Darauf folgte nur Geschwätz über den gewaltigen Widerstand, den die Franzosen leisteten. Frankreich könne nicht besiegt werden, tönte es mit schrillen Stimmen aus dem Apparat.

Aus jedem Satz hallte die Lüge. Die Franzosen hatten den Krieg längst verloren. Die französische Armee war nicht ausreichend bewaffnet, eine Verteidigung aussichtslos, sie befanden sich bereits auf einem ungeordneten Rückzug. Zu Tode erschöpfte Soldaten erzählten, sie hätten zu wenig Gewehre und Munition gehabt.

Mendes, Mendes, schrieb ich in die Visa hinein. Die Deutschen kamen immer näher, ihre Wehrmacht war in halb Frankreich einmarschiert. Mir war klar, was das für die Flüchtlinge bedeutete. »Schneller, schneller, wir müssen noch schneller arbeiten«, rief ich.

In all dem Tumult tauchte plötzlich ein kleines Mädchen auf. Ihre Eltern waren auf der Flucht erschossen worden. Sie berichtete es mit starren Augen und in einer Sachlichkeit, die mich erschauern ließ.

»Ich bin Jüdin«, sagte sie tonlos, »bitte helfen Sie mir.«

Sie zog einen Umschlag aus ihrer Umhängetasche und reichte ihn mir.

Ich öffnete den Umschlag, der einen Diamanten enthielt, gab ihn ihr sofort zurück und flüsterte ihr zu, sie solle ihn gut verstecken. Ich schickte das hungrige Kind zu Angelina in die Küche. Am nächsten Tag hatten wir eine Familie gefunden, die sich ihrer annahm.

Einige Tausend Menschen hatten ihr Portugal-Visum inzwischen erhalten, daraufhin das Transitvisum für Spanien und die französische Ausreisegenehmigung bekommen und Bordeaux verlassen. Sie konnten über den einzigen von Spanien genehmigten Fluchtweg zwischen Hendaye und Irun fliehen, kamen per Auto oder Zug in Portugal bei Vilar Formoso an, um von dort aus die portugiesischen Häfen zu erreichen und weiter nach Übersee zu fliehen.

Am 19. Juni gingen Bomben auf Bordeaux nieder. Ich hielt mich zu dem Zeitpunkt mit Angelina, meinen beiden Söhnen, Pedro Nuno und José, sowie meinem Neffen, der uns zu Hilfe gekommen war, im Konsulat auf. Ich erfuhr am eigenen Leibe, was die Flüchtlinge schon lange erlitten. Todesangst.

Die Bomben detonierten in unmittelbarer Nähe, ein Einschlag folgte dem nächsten, Nachbargebäude waren getroffen oder vollkommen zerstört worden. Das Konsulat blieb unbeschädigt. Es rieselte nur ein bisschen Putz von der Decke.

Das Ausmaß des Angriffs zeigte sich erst kurze Zeit später. Es gab viele Verletzte und Tote. Grauen und Verzweiflung erfassten mich. Ich musste mein Entsetzen abschütteln, ich durfte mich von ihm nicht lähmen lassen.

Die Angst, die Deutschen könnten binnen Kurzem in die Stadt einmarschieren, trieb die Flüchtlinge nach Toulouse und Bayonne. Ich hatte, obwohl ich nicht dazu befugt war, alle Mitarbeiter der Konsulate ermächtigt, eigenständig Visa auszustellen.

Salazars Misstrauen wuchs. Die britische Botschaft hatte sich in einem Brief an das portugiesische Außenministerium darüber beschwert, ich würde außerhalb der normalen Öffnungszeiten arbeiten und hätte die Gebühren für Visa erhöht. Warum mischten sich die britischen Kollegen ein und kompromittierten mich bei Salazar? Warum?

Salazar schickte den Gesandten der portugiesischen Botschaft in Paris, der wie viele nach der Besetzung nach Bordeaux geflüchtet war, in mein Konsulat, um Nachforschungen anzustellen; er traf mich nicht mehr an, ich war bereits auf dem Weg nach Bayonne.

WETTLAUF MIT DER ZEIT

Die Menschenmassen warteten vor dem Bayonner Konsulat. Die ganze Umgebung war zum Flüchtlingslager geworden. Es gab keine Übernachtungsmöglichkeiten und nichts zu essen. Soldaten riefen die Leute, die sich nach vorn drängten, zur Ordnung. Ihre Rufe hatten keinerlei Wirkung, niemand wich beiseite, die Rettung hing an dem Stück Papier, das jeder benötigte, um am Leben zu bleiben, Körper an Körper presste sich aneinander, die Panik hatte jegliche Ordnung aufgehoben, Trauben von Menschen drängten sich vor dem Gebäude und auf der schmalen Treppe des Konsulats, die zusammenzubrechen drohte.

Ich kämpfte mich durch die Menschenmenge die Stiegen hinauf und fand untätige Beamte vor.

»Warum stellen Sie keine Visa aus«, fuhr ich Machado, den Konsul von Bayonne und seinen Sekretär an. »Ich hatte es angeordnet! Warum helfen Sie diesen armen Menschen nicht?«

»Wir müssen das Lissabonner Rundschreiben befolgen«, klirrte seine Stimme. Wir haben die Anordnungen der Regierung und unserer Vorgesetzten zu befolgen.«

Ich drohte ihm: »Ich bin als Generalkonsul Ihr Vorgesetzter, Sie haben meinem Befehl Folge zu leisten. Stellen Sie unverzüglich allen Wartenden Visa aus!«

Machado verzog keine Miene. »Wir sind nicht befugt ...«

Ich ließ ihn nicht ausreden. »Es stehen mehrere Tausend Menschen vor dem Haus. Weitere Tausende werden kommen. Sie werden jetzt sofort die Pässe einsammeln, sie mir zur Unterschrift bringen und auch selbst Visa ausstellen. Das ist ein Befehl!«

Es ging nicht schnell genug, die Pässe in Säcken hinauf und wieder hinunterzutragen und zu verteilen. Das Büro lag im dritten Stock. Wir gingen dazu über, die Namen vom Fenster aus auszurufen und die fertigen Dokumente hinunterzuwerfen, die Papiere segelten auf die Leute herab, sie reckten die Arme unter lauten Rufen und griffen nach den Dokumenten.

»So geht es nicht«, rief der Sekretär, »die Menschen erdrücken sich fast. Einige sind schon ohnmächtig geworden.«

Ich ließ einen Schreibtisch auf die Straße tragen. Soldaten halfen mir. Ich arbeitete wie am Fließband. Als es zu regnen begann, legte mir jemand einen Regenmantel um und setzte mir einen Regenhut auf. Meine Brille beschlug, ich unterschrieb weiter, weiter, weiter. Ich musste mich beeilen, noch mehr beeilen. Der Regen prasselte auf Hut und Mantel, die Menschen standen gedrängt um mich herum. Plötzlich ergriff jemand meine Hand und küsste sie. »Retten Sie mich und meine Familie, retten Sie uns!« Andere weinten, oder riefen aus der Menge heraus, warum sie besonders gefährdet waren. Sobald ich aufsah, blickte ich in ihre angstverzerrten Gesichter, doch ich kam kaum dazu, denn ich schrieb und schrieb. Dieses Geräusch der erregten Stimmen in meinen Ohren klang wie ein aufgeschreckter Hornissenschwarm, ich verstand keine Wörter mehr, hörte nur noch ein Surren und Rauschen. Plötzlich erfasste mich eine Art dumpfer Taubheit, es war, als hätten sich meine Ohren zugeklappt, als wäre ich unter Wasser getaucht, mich schwindelte, ich drohte zusammenzusinken, musste weitermachen, konnte mir keine Schwäche erlauben, jede Sekunde Stillstand hätte weniger Visa und mehr Menschen in der Hand der Deutschen bedeutet.

Ich geriet in einen Zustand außerhalb aller normalen Empfindungen, ich nahm weder die klamme Kälte noch meine Müdigkeit wahr, es war ein Zustand wie in einem Rausch, ich tat meine Arbeit, ohne noch etwas zu wahrzunehmen, ich schreckte erst wieder auf, als die Vordrucke für die Transitvisa ausgingen.

Ich benutzte von nun an Formulare für Arbeitsverträge und irgendwelche Handelsbescheinigungen, die ich den Menschen ohne Pass und Ausweispapiere in die Hand drückte. Auf jedem Papier war eingestempelt: Die portugiesische Regierung bittet die spanischen Behörden um die Gefälligkeit, dem Besitzer des vorliegenden Dokuments die freie Durchreise durch Spanien zu gewähren, weil er Flüchtling ist und sich auf der Weiterreise nach Portugal befindet.

Seit sechs Tagen tat ich nichts anderes, als Visa auszuteilen, und ich stellte mich auf weitere Tage ein. Ich bangte um jede Minute, meine Arbeit war von allen Seiten gefährdet, ich hatte Salazar im Rücken, und die deutschen Truppen rückten immer weiter vor.

Pedro Teotónio Pereira, der portugiesische Botschafter von Madrid, beschwerte sich über die vielen Flüchtlinge mit portugiesischen Visa, die Spanien durchquerten und eigentlich hätten aufgehalten werden sollen. Pereira war ein enger Freund Salazars, und Salazar wollte das Bündnis mit Franco nicht gefährden. Einen Tag, nachdem die Beschwerde eingegangen war, erschien Pereira in Bayonne und präsentierte zusammen mit Lopa Simeão, dem Vertrauensmann, neue Visa-Richtlinien: Keine Visa mehr an Inhaber von Nansen-Pässen. Es waren vornehmlich Juden, die nur über einen provisorischen Pass des Völkerbundes verfügten. Nur wenn sie ein Schiffsticket nach Übersee nachweisen konnten, galt eine Ausnahmeregelung. Engländer und Amerikaner waren willkommen, aus Belgien durften nur hochgestellte Persönlichkeiten einreisen, Franzosen nur, wenn sie »saubere Leute«, also keine Juden, waren. »Gente limpa«, das war ein Ausdruck, der aus der Zeit der Inquisition stammte.

Portugal solle nicht zum »Müllplatz« für Flüchtlinge werden. Das waren Salazars Worte!

AN DER GRENZE

Die Deutschen feierten Erfolge auf den Kriegs-
schauplätzen. Der Radiosprecher berichtete über
gesprengte Brücken, zerbombte Krankenhäuser, Kirchen, Schulen, über vernichtete Städte und Tausende
von Toten. Konnte denn niemand diesen Wahnsinn
stoppen? Ein Gefühl der Ohnmacht erfasste mich;
ich musste mich wieder fangen, hatte keine Minute
übrig für Schwächen.

Ich befand mich in einem Wettlauf gegen die Zeit.
Ich reiste so schnell wie möglich nach Hendaye, das
in unmittelbarer Nähe zur spanischen Grenze liegt.
Den Konsulatsstempel in der Tasche, mengte ich
mich unter die Flüchtlinge und stellte weiterhin Visa
aus. Mein Handkoffer diente mir als Unterlage. Wer
keinen Pass oder Personalausweis besaß, erhielt von
mir ein Blatt Papier, auf dem ich wieder vermerkte,
der Inhaber als Kriegsflüchtling sei berechtigt, nach
Portugal einzureisen und die spanischen Behörden
bat, ihn passieren zu lassen. Stempel, Unterschrift,
Stempel, Unterschrift. Der Nächste, der Nächste, der
Nächste. Als das Papier ausging, stempelte ich auf
Zeitungspapier. Ich musste weitermachen, alles versuchen, um alle zu retten.

Salazar hatte mir ein Telegramm nach Bordeaux geschickt, in dem er mir fast alle Kompetenzen, insbesondere die Befugnis, Visa auszustellen, entzog.

Ich bekam in Hendaye Besuch von Pereira, Simeão, Machado, die meiner Arbeit ein Ende bereiteten.

Ich musste nach Bordeaux zurückkehren. Es war am Tag des Waffenstillstands, den Frankreich mit den Deutschen geschlossen hatte. Deutsche Truppen besetzten den nördlichen Landesteil, die Küsten der Bretagne und der Normandie waren nun Sperrgebiet. Im Süden befand sich die sogenannte »freie Zone« mit Sitz in Vichy.

Die französische Regierung hatte sich verpflichtet, alle in Frankreich sowie in den französischen Besitzungen befindlichen Deutschen auf Verlangen auszuliefern. Auch in den unbesetzten Gebieten Frankreichs gab es kein Asylrecht mehr. Ich bangte um die Menschen in den Internierungslagern. Wenig später hörte ich, dass die meisten Lagerinsassen vor der Übergabe an die Deutschen freigekommen waren oder flüchten konnten und sich ebenfalls auf dem Weg nach Süden befanden.

Ich blieb nicht in Bordeaux, ich fuhr heimlich sofort wieder nach Hendaye. Die Deutschen hatten die Grenze noch nicht abgeriegelt, noch konnten Menschen nach Irun passieren und von dort per Auto oder Zug nach Portugal gelangen.

Die Menschen standen vor der Brücke, die sie von

Spanien trennte. 100 Meter hatten sie noch vor sich, bis sie vor den Deutschen in Sicherheit waren.

Solange es möglich war, stellte ich weiterhin Visa aus. Noch hob der Schlagbaum sich und die Grenzer ließen die Menschen passieren. Bei jedem Knarren der Schranke atmete ich auf. Die Menschen liefen los, liefen, um auf der spanischen Seite den Zug zu bekommen.

Wenig später traf die offizielle Verfügung ein, alle von mir ausgestellten Visa seien ungültig. Ich fühle es so intensiv, als wäre alles gestern geschehen, es fehlen mir die Worte, um zu beschreiben, was folgte. Ich kann nur sagen, ich hätte es niemals für möglich gehalten.

Hunderte Menschen waren noch zurückgeblieben, als die deutschen Truppen Hendaye erreichten und eine Schneise in die Gruppe der Flüchtlinge schlugen, Schläge, Stöße, Tritte, Schüsse folgten. In welcher Hölle lebte ich? Ich hörte Menschen kreischen, sah sie einknicken, zusammenbrechen, niedersinken, sah Kinder mit grauenerfüllten Augen, hörte ihre gellenden Schreie. Es war schon geschehen, ehe ich es begriff. Ich sah sie umfallen, mit Verrenkungen am Boden liegen, bis sie sich nicht mehr regten. Menschen töteten sich vor meinen Augen! Weil sie nicht ertragen konnten, was auf sie zukommen würde, weil sie der Qual, die sie erwartete, entkommen wollten. Ohnmächtig musste ich zusehen, wie Menschen starben, ohne ihnen helfen zu können. Keine paar Meter von mir entfernt standen lebendige, atmende, hoffnungsvolle Menschen, die von einem Moment auf den anderen als Leichen vor mir lagen. Ich weinte, nein, es war ein hysterisches Schluchzen, das in Schreie überging. Ich hielt das alles nicht aus, die Töne, die aus meiner Kehle barsten, waren furchtbar … Ich bekam Angst vor mir selbst. Ich rannte hin und her, vollkommen außer mir.

Plötzlich hielt ich inne. Ich schloss die Augen, meine Zähne klapperten aufeinander. Lieber Gott, gib mir Kraft, betete ich, ich muss stark bleiben, muss helfen, so lange es mir möglich ist. Tu etwas, tu etwas, schrie es in mir. Der Schleichweg, den ich öfter von Lissabon aus genommen hatte, um Irun und Hendaye bei Staus zu umfahren, trat mir plötzlich vor Augen. Ich riss mich zusammen, machte den Flüchtlingen in meiner unmittelbaren Nähe Zeichen, mir zu folgen. Wir schlichen uns fort, bestiegen meinen Wagen. Der Autoschlüssel zitterte in meiner Hand, ich rang nach Luft, befahl mir, mich zu beruhigen, steckte den Schlüssel ins Schloss und betete, die Zündung möge sofort anspringen.

Wir fuhren unbehelligt zu dem kleinen Grenzübergang. Ich hoffte, dass die spanischen Beamten dort noch nichts von der Ungültigkeit der Visa erfahren hatten.

Der Wagen hielt, wir stiegen aus. Alle versuchten, ihre Furcht und Bestürzung zu unterdrücken. Wir blieben eine Gruppe von sichtbar völlig verstörten und verängstigten Menschen. Mit pochendem Herzen und fast verrückt vor Sorge begleitete ich die Gruppe bis zu den Grenzern. Mein Jackett war staubbedeckt und am Ellenbogen zerrissen. Mit aller Überzeugungskraft, die ich noch aufbringen konnte, zeigte ich den Beamten meinen Diplomatenausweis.

»Alle meine Mitreisenden haben gültige Visa. Sie können es überprüfen«, sagte ich. – Ich glaubte fast nicht, was geschah. Die Grenzposten winkten die Flüchtlinge durch und ließen sie ohne weitere Kontrolle passieren. Sie hatten es geschafft. Sie hatten es noch geschafft.

*

Völlig verstört fuhr ich nach Bordeaux zurück. In meinem Kopf war ein Druck, der meine Augen aus den Höhlen presste, ich sah grelle Lichtpunkte, die vor meinen Augen wirbelten, inmitten der Blitze erschienen mir die Bilder der sterbenden Menschen, der deutscher Soldaten, die brutal in die Menge schlugen und schossen, all das stand mir unauslöschbar vor Augen, nichts konnte diese Bilder vertreiben, immer wieder flackerten sie auf. Zweimal kam ich von der Straße ab.

Mir wurde übel, ich übergab mich im Straßengraben, bis nur noch Galle kam.

Mit dem Geruch von Erbrochenem in der Nase erreichte ich Bordeaux. Ich fuhr durch die Stadt, an jedem Haus waren Hakenkreuzfahnen gehisst. Erneute Übelkeit erfasste mich.

Als ich die Wohnung betrat, stand ich kreideweiß, wirr und mit verquollenen Augen vor Angelina, ohne ein Wort sprechen zu können. Sie lief auf mich zu.

»Leg Dich hin, ruh Dich aus, danach reden wir«, rief sie.

Die Sperre im Hals löste sich.

»Viele haben sich umgebracht«, raunte ich durch einen Schleier von Tränen, »die Nazis …«

Angelina umarmte mich. Ich löste mich abrupt von ihr, lief ins Bad, ließ meine Kleidung zu Boden fallen, wusch mich, zog neue Sachen an, rannte ins Büro, um weiterzuarbeiten. Kaum saß ich auf meinem Stuhl, verschränkte ich die Arme auf der Schreibtischplatte. Mein Kopf fiel in die Armbeuge.

Es war der erste ruhige Moment seit Tagen. Ich schaute zurück auf alles, was hinter mir lag. Ich hatte das Grauen erfahren, und ich hatte erfahren, wer ich war, vor allem, wer ich nicht war. Dann glitt ich in einen komatösen Schlaf.

Es waren neue Flüchtlinge nach Bordeaux gekommen. Ich stellte ihnen falsche Pässe aus, einen Versuch war es wert, ich konnte nicht aufgeben.

Salazar hatte inzwischen ein Disziplinarverfahren gegen mich eingeleitet. Ich hatte von ihm längst den Befehl erhalten, unverzüglich nach Portugal zurückzukehren. – Ich reiste erst viele Tage später ab.

Anfang Juli ließ ich Südfrankreich unter der Regierung Marschall Pétains und seines Stellvertreters Laval zurück, die nun in Vichy regierten. Innerhalb kurzer Zeit erließ das Vichy-Regime eine Reihe von Gesetzen, die den Nürnberger Rassegesetzen gleichkamen. Hitler und Pétain reichten sich die Hände zur Kollaboration, dazu gehörte auch die polizeiliche Zusammenarbeit.

Der Flüchtlingsstrom riss nicht ab, er verlagerte sich an andere Orte. Jemand, der in Lebensgefahr schwebt, lässt sich nicht aufhalten. Der Sturm auf Marseille begann. Da kaum Schiffe zu bekommen waren, versuchten es viele Verfolgte zu Fuß über die Pyrenäen. Keine Aufenthaltserlaubnis, keine Ausreiseerlaubnis, Warten vor den Konsulaten. Es war ein Teufelskreis des Irrsinns.

TEIL II

PORTUGAL 1940–1953

Wenn die Gerechtigkeit untergeht, so hat es keinen
Wert mehr, dass Menschen leben auf Erden.

(Immanuel Kant)

CABANAS DE VIRIATO

Ich war wieder in Portugal, auf dem Weg nach Cabanas. In die Natur der Beira Alta schauend, empfand ich etwas wie Trost. Ich spürte, wie sehr ich verbunden war mit diesem Land. Es gibt eine offizielle und eine private Heimat. Die offizielle Heimat ist der Polizeistaat, der das Land mit Wappen und Fahnen überzieht und mit propagandistischen Parolen vergiftet. Mein persönliches, tief in mir verankertes Portugal ist die Natur, sind die duftenden Eukalyptuswälder und Orangenfrüchte, sind die Olivenbäume, die silbrig schimmernd und verknorpelt am Hang stehen, sind die Korkeichen und Pinien, die Weinstöcke, die Esel und Ziegen, sind die Menschen, die Frauen, die vor den Steinhäusern sitzen und schwatzen, sind die Grabsteine meiner Familienangehörigen, die über Jahrhunderte in Portugal beheimatet waren.

Alle Wege in der Welt, die ich als Konsul beschritten habe, können mir die Heimatgefühle nicht nehmen. Ich hatte in Belgien ein Buch über Portugal als Land meiner Träume geschrieben. Portugal ist abseits der diktatorischen Politik mein Traumland geblieben. Ich würde gern erzählen vom Meer und den Stränden, von den Bergen und Bächen, von den frisch-herben Düften, von den Reisfeldern, an deren Rand die

Störche in den Bäumen nisten und auf Frösche hoffen, die die nächtliche Stille mit ihren Rufen überziehen, möchte erzählen über die Jahreszeiten, den blütenreichen Frühling, in dem in jeder Hecke die Mimosen blühen, erzählen, wie die Kronen der Obstbäume als große Blütenbälle in den lichtblauen Himmel ragen, wie gelbe und violette Blumenteppiche den Erdboden bedecken, würde gern erzählen von den freundlichen und gutmütigen Menschen, die wettergegerbt ihre schwere Arbeit zu Lande und zu Wasser tun als Bauern, Fischer, Landarbeiter, die in kärglichsten Hütten leben und trotz ihrer bitteren Armut anderen helfen, wo sie können. Darüber würde ich gern erzählen. Doch jetzt geht es mir nicht um die Schönheit und Anmut Portugals, sondern um die Schattenseiten dieses Landes.

Wir erreichten Cabanas de Viriato. Dort verbrachte ich die Sommerferien mit meiner Familie in unserem großen geräumigen Landhaus. Der Quinta São Cristovão, wie wir unseren Palast nannten, war noch ein Nebenflügel für die Bediensteten angefügt. Ich war froh, wieder in meinen mit viel Luxus ausgestatteten vier Wänden zu wohnen und meine Kinder, Cousins und Cousinen mit ihren Familien wiederzusehen. In den Ferien war das Haus voller Leben und Musik. Ich hoffte, der Aufenthalt würde mich von den schrecklichen Erlebnissen ablenken.

Das Auto hielt in der Einfahrt. Sofort waren wir von den Dorfkindern umringt. Sie warteten auf die Süßigkeiten, die ich ihnen mitbrachte. Die Dorfbewohner berichteten mir von Todesfällen, Heiraten, Geburten, von Krankheiten und wer sich mit wem zerstritten hatte. Ich stand mitten unter ihnen und war den Tränen nah. Der Gegensatz zu den Ereignissen der letzten Wochen überwältigte mich. Ich fühlte mich so sehr aufgehoben bei diesen freundlichen Menschen, die mir ihr Vertrauen entgegenbrachten, und die mich und meine Familie verehrten.

Die Kirchenglocken läuteten. Bislang war ihr schwingendes Schaukeln mit ihren hellen und dunklen Klängen für mich stets der Beginn der Besinnung und Kontemplation gewesen, es waren Töne, die mich zur Ruhe brachten. Nun hörte ich ein dröhnendes Geklirre, als scheppere Metall auf Metall. Das Glockengeknalle wühlte mich auf, machte mich nervös und ließ meine Gedanken im Kopf hin- und herspringen. Immer, wenn das Getöse endlich aufhörte und die Messe begann, war ich erleichtert. Zur Ruhe kam ich trotzdem nicht.

Wir gingen jeden Morgen zur Frühmesse in die Dorfkirche, in der ich meine Kommunion erhalten hatte. Der Altar war der gleiche geblieben. Die Zeit hatte auf dem spitzenumhäkelten Leinentuch Stockflecken hinterlassen.

Angelina saß, von Alter und Erschöpfung gezeichnet, auf der Kirchenbank, ihre Stimme ließ nichts davon erkennen. Sie sang rein und klar wie ein junges Mädchen, keine Enttäuschung, keine Not, keine Kraftlosigkeit war in ihrem Gesang zu hören. Ich saß neben ihr mit schlechtem Gewissen. Meine Gedanken waren bei Andrée. Wie ging es ihr? Ich hatte sie schwanger in Bordeaux zurückgelassen, ich hatte nichts mehr von ihr gehört, die Flüchtlingsflut hatte uns für Wochen getrennt, es war mir gerade noch gelungen, sie telefonisch über meine Rückbeorderung nach Portugal zu informieren und ihr in Aussicht zu stellen, mir nachzureisen.

Ich sprach das Vaterunser, ich pries Gott, ich erbat seinen Segen für die ganze Familie. Und dachte an Andrée. Ich schüttele den Kopf, als könnte ich sie damit vertreiben.

*

Jeden Donnerstag sorgte Angelina dafür, den Armen in unserer Küche Suppe oder Bohnen und Brot auszuteilen. Der Andrang war groß. Viele Menschen im Dorf hatten nicht genug zu essen. Manches Mal läuteten die Glocken für ein totes Kind, das die Eltern nicht hatten durchbringen können. Die Kinder starben an Entkräftung und Krankheiten. Kaum jemand hatte Geld, einen Arzt zu bezahlen, der ohnehin zu weit entfernt wohnte.

Unsere Kinder lebten im Luxus. Sie hatten Zeit zu spielen, tobten im Garten und vergnügten sich. An klaren Tagen unternahmen wir mit ihnen Ausflüge ins Gebirge, holperten mit dem Kleinbus über unwegsames und steiles Gelände zu unseren Lieblingsplätzen, badeten in den kühlen Bachläufen, erklommen die schroff aufragenden Felsbrocken und griffen hungrig vom Klettern in den gut gefüllten Picknickkorb.

Abends musizierten wir. Ich tat alles, um meinen Kindern die Musik nahezubringen. Jedes Kind lernte ein Instrument, wir hatten sechs Flügel und zahlreiche andere Instrumente im Haus. Ich sang ihnen oft vor und dirigierte unser kleines Familienorchester. Dies waren vielleicht die schönsten Momente meines Familienlebens. – Ich konnte sie nicht mehr genießen. Ich lebte hinter einer vorgetäuschten Heiterkeit, unter der Normalität gärten die Ereignisse von Bordeaux. Ich war mit meinen Gedanken bei den unschuldig gejagten Menschen, bei jenen, die sich umgebracht hatten, um nicht von den Nazis gefasst zu werden. – Für mich war es Mord. Es war Mord!

*

Es war mein 55. Geburtstag. Angelina tat alles, um mir eine Freude zu bereiten, obgleich ihre Nerven angegriffen waren. Bei jedem lauten Geräusch fuhr sie zusammen. Manchmal schreckte sie schon auf, wenn man sie rief. Die ängstliche Anspannung, in der sie sich befand, hinderte sie nicht, das Fest vorzubereiten. Sie ließ meine Lieblingsspeisen zubereiten und buk Mandeltorte. Sie hatte den Gästesalon vorbereitet, den wir nur für besondere Anlässe benutzten. Der große Esstisch war mit dem weißen, mit Häkeleien verzierten Damasttuch ihrer Mutter bedeckt. Dazu hatte sie das chinesische Porzellan und das Silberbesteck mit dem eingravierten Familienwappen gewählt. In der Mitte der Tafel prangte ein von den Mädchen gepflückter bunter Blumenstrauß.

Wir standen im Salon und tranken Champagner. Alle trugen Festtagskleidung, meine Töchter hatten sich Schleifen ins Haar gebunden, die Söhne steckten in ihren beigefarbenen Sommerleinenanzügen. Ich musste an ein Foto von César und mir denken, auf dem wir in ebensolchen Anzügen abgebildet sind. Im Gegensatz zu meinen fröhlichen Söhnen stehen wir mit verdüsterten und bitteren Mienen nebeneinander, unglückliche Jungen, die sich nicht in ihrer Gemütsverfassung, sondern nur durch die Kopfform unterschieden. Césars Kopf hat eine eher dreieckige Form, meiner ist oval. Ich habe nie begriffen, warum uns viele Menschen nicht voneinander unterscheiden konnten.

Bevor wir zu Tisch gingen, spielten die Kinder mir ein Geburtstagslied. Sie hatten eine beschwingte Sonate von Mozart gewählt. Alles sollte leicht und fröhlich zugehen.

Von meiner Familie umringt, nippte ich am Glas, war bemüht zu lächeln und Freude zu zeigen. Wir gingen zu Tisch, ich aß den Lammbraten, trank den edlen Douro-Wein, verspeiste die Mandeltorte. Ich saß inmitten der Geburtstagsgesellschaft wie jemand, der zu repräsentieren hatte, nicht wie jemand, der Freude empfand, saß inmitten der Familie wie mein eigener Schatten. Die Bilder, Erlebnisse, Eindrücke der letzten Wochen umgaben mich in einem Gewirr von zusammenhanglosen Erinnerungen, voneinander isoliert, hier ein Stück Konsulat, ein weinender Mensch, der Stempel, der auf die Dokumente hämmert, Schweißgeruch, Hitze, Menschenmassen, Rufe, Schreie, Soldaten, Tote. Alles klaffte in meinem Innern wie eine offene Wunde. Warum warf man mir vor, geholfen zu haben? Warum leitete Salazar ein Disziplinarverfahren ein? Es konnte sich nur um ein Missverständnis handeln, weil er nicht genügend Informationen über die Beweggründe und die Situation der Menschen hatte, redete ich mir ein.

Es gab Tage mit stundenlangen Diskussionen über das, was geschehen war.

»Vater, Sie hätten an uns und die Familie denken müssen. Das Risiko war zu groß.«

»Hättest du die Menschen dort stehen lassen können? Hätte irgendjemand hier in dieser Runde den Flüchtlingen nicht geholfen? Es gab einfach keine andere Möglichkeit. Nicht mich, sondern Salazar solltest du zur Rechenschaft ziehen. Er hat die neuen Bestimmungen erlassen.«

»Du weißt genau, was sich in Deutschland abspielt«, rief Pedro Nuno seiner Schwester entgegen. »Wo sollen die Flüchtlinge denn hin?«

»Aber was wird nun? Was wird uns erwarten?«, fragte sie ängstlich.

»Das, was uns erwarten wird, ist unbedeutend gegenüber dem Leid der Juden. Ist es ihre Schuld, als Juden geboren zu sein? Es ist ein Frevel zu glauben, Gott hätte dieses Volk auserwählt, um zu leiden. Die Verfolgung der Juden hat allein mit der Menschenverachtung zu tun, die der Mensch erzeugt.

Und noch etwas: Die Mendes sind seit über fünf Generationen Katholiken, aber auch wir haben jüdische Vorfahren, und ich frage mich, wer auf der Welt keine jüdischen Vorfahren hat. Letztlich ist jeder einzelne von uns das jüdische Volk.

Ich muss Salazar sprechen«, rief ich, »er wird sicher die humanitäre Seite meiner Entscheidung anerkennen, es ging um Menschenleben, man kann nur menschlich an die ganze Sache herangehen, ich werde um eine Audienz bitten und ihm die Situation persönlich erklären, ich werde ihm die Augen öffnen. Ihr wisst wie ich, er erteilt alle Anordnungen nur schriftlich, er lässt nicht einmal Kabinettssitzungen einberufen und entscheidet alles allein in seinem Palacio. Auf welcher Basis, frage ich mich. In seinem ganzen Leben hat er nur drei Reisen unternommen, einmal als Pilger nach Frankreich, und zweimal als Staatsgast nach Spanien, er kennt nichts, auch nicht die Kolonien, er war Kolonialminister und ist Außenminister und kennt nur sein Arbeitszimmer, seine Wohnung und seine Sommerresidenz in Estoril. Sein Wissen über die Welt stammt aus

Büchern, aus Zeitungen und aus den Berichten seiner Diplomaten. Ausländische Journalisten empfängt er nicht, er lebt in einer sehr engen Welt. Ich muss ihm Bericht erstatten und ihm die Notwendigkeit meiner Entscheidung deutlich machen.«

Angelina senkte schweigend den Blick. Ich bemerkte ihre dunklen Augenränder und die große Müdigkeit, gegen die sie ankämpfte. Gleichzeitig hatte sie in ihrem Blick einen verängstigten Ausdruck, den ich bislang nicht an ihr kannte. Hatten sie die Zeit in Bordeaux, die Flüchtlinge und das bevorstehende Verfahren mit den drohenden Konsequenzen überanstrengt, oder schöpfte sie Verdacht? Wusste sie von Andrée? Zumindest ließ sie sich nichts anmerken, wie es stets ihre Art war. Sie lebte neben mir wie ein gutmütiger Geist, der mich zu jeder Zeit umsorgte. Plötzlich irritierte mich diese besorgte Zärtlichkeit, plötzlich machte sie mich unruhig und ich interpretierte vielleicht etwas hinein, was nicht zutraf.

Es war drei Uhr nachts. Ich konnte nicht schlafen und ging in die Bibliothek, um das Bücherpaket zu öffnen, das mein Buchhändler mir aus Coimbra geschickt hatte. Ich entfernte die Paketschnur und das Packpapier, nahm jedes Buch in die Hand und sah mir die Titel an. Ich wählte eines aus und setzte mich in den Lesesessel. Die Zeilen zerrannen unverstanden vor meinen Augen, ich konnte mich nicht konzentrieren. Es geht nicht so weiter, ich muss es ihr sagen, dachte ich. Ich muss! Ich sprang auf, wanderte hin und her, wagte nicht, das Erforderliche in die Tat umzusetzen. Schließlich fasste ich mir ein Herz und schlich zu Angelinas Schlafzimmer hinüber.

Ich lauschte, hatte die Klinke schon in der Hand, meine Hand lag auf dem Türdrücker, ich spürte das kalte Metall an meinen Fingern, hielt den Griff umschlossen bis er sich erwärmte, aber ich drückte ihn nicht nieder, ich tat es nicht, ich stand vor ihrer Tür, wagte nicht zu atmen. –

Lautlos wie ein Dieb löste ich die Hand von der Klinke und kehrte auf Zehenspitzen wieder in die Bibliothek zurück. Und schwieg. Ich schwieg und schwieg und schwieg.

Angelina hatte es nicht verdient, von mir betrogen und belogen zu werden. Ihr gegenüber hatte und habe ich ein schlechtes Gewissen, das mich bis heute quält.

*

Andrée war hochschwanger in Lissabon eingetroffen, sie bewohnte eine kleine Wohnung, die ich ihr gemietet hatte. Ich erinnerte mich an die Nacht, in der das Kind entstanden war. Ich weiß genau, es passierte in Andrées Wohnung, in der ich mich aus Gründen der Vorsicht nur selten aufgehalten hatte. Überall lagen Notenhefte in ungeordneten Stapeln herum, auf dem Klavier, auf dem Tisch, auf dem Fußboden, auf dem Bett, wir blätterten in den Noten, Andrée spielte mir Stücke vor, wir sangen Duette – danach geschah es.

Ich stand wie so oft vor meiner Jesusstatue und blickte zu ihr auf. Jesus meterhoch über mir, die Arme zur Seite gestreckt, die Handflächen mit der Innenseite nach oben gedreht, Gesicht und Augen gen Himmel gerichtet.

»Vergib mir«, flüstere ich.

»Ich muss nach Lissabon«, sagte ich zu Angelina, »ich kann nicht länger warten. Ich muss bei Salazar vorsprechen und die Behörden aufsuchen, die mich angeklagt haben.«

Und so mietete ich eine Wohnung in der Rua Rodrigues-Sampaio und zog mit Angelina in die Hauptstadt.

Bevor wir abfuhren, lief ich zum Friedhof. Ich stand vor dem Familienmausoleum, über mir das Kreuz und das Familienwappen, Adler und Schwerter, Feigenblätter, fünf Flossen und ein Löwe, rechts und links neben mir die stützenden Säulen. Hier lagen alle Ahnen, hier ruhten meine beiden Kinder. Bei der Beisetzung war Geraldo vor die Särge seiner Geschwister getreten und hatte auf der Geige den Trauermarsch von Chopin gespielt. Diese Musik wird für mich auf ewig mit Raquel und Manuel verbunden sein.

Ich setzte mich auf die kleine Steinbank und betete den Rosenkranz. Ich glaube an Gott, den Vater, den Schöpfer des Himmels … Vater unser, der du bist im Himmel, geheiligt werde dein Name … Gegrüßet seist du, Maria, voll der Gnade … Jesu, den du, o Jungfrau vom heiligen Geist empfangen hast …

Die 59 größeren und kleineren Perlen glitten durch meine Finger bis zum Kreuz.

Während ich betete, war es mir ein Trost, eines Tages auch hier zu liegen, geborgen bei meiner Familie. Aus meinem Gedankennebel stiegen die Klageweiber des Dorfes auf, die schwarz verhüllt ihren Gesang anstimmten; ich sah, wie eine Alte den Olivenzweig in der Weihwasserschale ergriff, und mich besprengte, zuerst den Kopf, dann die Brust und die Beine. Ich hörte sie beten: Gelobt sei Gott im Himmel und auf Erden.

LISSABONNER SKIZZEN

Ich ging durch das Stadtzentrum die Avenida da Liberdade hinunter Richtung Rossio-Platz. In dem bunten Getriebe machten die Menschen ihre Besorgungen, schauten die Auslagen in den Schaufenstern der Geschäfte an oder saßen in den Cafés unter Bäumen, um sich auszuruhen. Verschiedene Sprachen drangen an mein Ohr. Deutsch, Russisch, Tschechisch, Französisch, Polnisch, Jiddisch ... Ich fühlte mich gut und in meinem Tun bestätigt, ich hatte richtig gehandelt, daran gab es für mich trotz der drohenden Anklage keinen Zweifel.

Mein erster Weg führte zu Andrée. Ich empfand sofort diese besondere Geborgenheit, die sich nur mit ihr einstellte und die ich so sehr vermisst hatte. Wir umarmten und küssten uns. Mein Bauch berührte den ihren, das Kind bewegte sich deutlich, ich spürte sein Strampeln, doch mein Herz war nicht bei ihm.

Ich war voller Ungeduld, Andrée zu berichten, begann sofort zu erzählen, was geschehen war, machte kaum eine Pause, ich musste sprechen, alles von mir geben, die Ereignisse reihten sich aneinander in der Hast, in der ich sie erlebt hatte, die Sätze überschlugen sich, stürzten ineinander, ich musste sie aussprechen, aus mir herauslassen, meine Empörung, meinen

Schrecken, meine Ängste in Worte fassen, es war wie ein Sturzbach, die Wörter flogen aus meinem Mund, ich übergoss Andrée mit meiner Geschichte, ja, fast vergaß ich Andrée, war wieder so sehr eins mit dem, was ich erlebt hatte, als würde ich alles noch einmal durchleben, Szene für Szene stand vor meinen Augen, alles, was geschehen war, seit ich sie das letzte Mal gesehen hatte, ich musste all das, was mich bedrückte und bewegte, das Unaussprechliche und Unfassbare von Anfang bis Ende erzählen.

Andrée hörte mir aufmerksam zu, nahm Anteil an all dem Leid, trotzdem war da plötzlich eine Distanz, die sich zwischen uns aufgebaut hatte.

Andrée erhob sich. »Ich koche uns Kaffee«, sagte sie. In ihrer Stimme nahm ich einen vorwurfsvollen Ton wahr.

Sie kam mit den Tassen zurück, stellte sie auf den Tisch, gab Zucker dazu, und sprach übergangslos über ihre Schwangerschaft und unser Kind, sprach darüber, wie sie die Zeit in Bordeaux allein gemeistert hatte, sprach über ihre Sorgen, über die bevorstehende Geburt, das Danach, das für uns beide unklar im Raume stand.

Die Spannung zwischen uns wuchs. Sie bemerkte meine fehlende Anteilnahme.

Ich bemühte mich, den Nachmittag harmonisch zu beenden und einen Gesprächsfaden zu finden, der vom Kind wegführte. Das werdende Kind und die Schwangerschaft berührten mich nicht in dem Maße, wie Andrée es sich gewünscht hätte, für mich war es das 15. Kind, es war ein Kind, das ich verheimlichen musste, das auf keinen Fall bei mir aufwachsen konnte. Die Situation belastete mich mehr, als ich zugeben mochte. Wie sollte ich weiterleben mit zwei Frauen, zwei Familien, mit dem Schrecken, den ich erlebt hatte, mit allem, was auf mich zukommen würde?

*

Ich verdrängte mein privates Desaster und versuchte mit aller Energie, den Prozess abzuwenden. Ich war überzeugt, von Salazar angehört zu werden. Ich schrieb ihm, dass ich meine Pflicht gegenüber meinem Vaterland erfüllt, mich in keiner Weise schuldig gemacht hätte, und bat darum, ihm die Umstände in Bordeaux in einer Unterredung erläutern zu dürfen.

Eure Exzellenz, ich wäre dankbar, wenn ... Mit vorzüglicher Hochachtung.

Ich wiederholte meine Bitte zwei weitere Male, ohne eine Antwort zu erhalten.

Was erwartete ich? Er empfängt bis heute kaum jemanden. Die meisten seiner Anordnungen erteilt er schriftlich. Er hockt im Lissabonner Palast hinter schweren Vorhängen und alle, die in seiner unmittelbarer Nähe arbeiten, schleichen auf Zehenspitzen und wagen nicht, einen Laut von sich zu geben. –

Salazar hatte abgelehnt, mich zu empfangen. Er klagte mich ungehört des Ungehorsams gegenüber den Anordnungen der Regierung und der Amtsverletzung an. Salazar machte mir den Prozess, ohne die näheren Umstände und Hintergründe von mir zu erfahren. Die vielen Tausend Menschen, die ich gerettet hatte, zählten nicht.

*

Von einem Tag auf den anderen durfte kein Flüchtling mehr nach Lissabon kommen. Die Stadt war angeblich wegen der Weltausstellung überfüllt. Flüchtlinge in Todesangst passten nicht in das Bild des feiernden Lissabons.

Für eine kurze Zeit hatte Portugal die Grenzen ganz geschlossen. Ich hörte von einem Zug mit etwa 300 Juden aus Luxemburg, der in Vilar Formoso angehalten und mit allen Menschen nach Bayonne zurückgeschickt worden war. Verschiedene Hilfsorganisationen, darunter auch das Rote Kreuz, versuchten, den Zug wieder nach Portugal zurückzuholen. Ohne Erfolg.

Als die Grenze sich wieder öffnete, durften die Flüchtlinge den Ort ihres Aufenthaltes nicht mehr selbst bestimmen. Die Behörden verteilten sie über das ganze Land. Es war den Geflohenen verboten, die Dörfer und Städte ohne Genehmigung zu verlassen. Alle standen unter Zeitdruck, weil die Behörde die

Aufenthaltsgenehmigung immer seltener verlängerte. Das Gefühl der Menschen, gerettet zu sein, schwand angesichts der zunehmenden Angst, die deutschen Truppen würden durch Spanien marschieren und die portugiesische Grenze bald erreichen. Frankreichs Kapitulation hatte die iberische Halbinsel in Reichweite der deutschen Truppen gebracht. Deutsche Panzer standen bereits in den Pyrenäen. Sie galten als unbesiegbar.

In Lissabon befanden sich die meisten Reedereien, die Konsulate und die Hilfsorganisationen, und so fuhren die Flüchtlinge notgedrungen heimlich in die Hauptstadt, um ihr Fortkommen zu regeln.

Die Polizei antwortete mit Razzien in den Kaffeehäusern und anderen Lokalen, in denen sich die Flüchtlinge aufhielten, kontrollierte ihre ungültigen und abgelaufenen Papiere und sperrte viele für einige Wochen ins Gefängnis. Bei einer Großrazzia nahmen die Polizisten 2000 Menschen fest, die nur mithilfe der Jüdischen Gemeinde wieder freikamen.

Während ein Netz von Spitzeln und Denunzianten die Emigranten und Regimegegner verfolgte, während die Einzel-, Doppel- und Dreifachspione aller Nationen in den Cafés, auf den Straßen und Plätzen lauerten und glaubten, hinter Litfaßsäulen und Häuserecken unerkannt zu bleiben, während die Gestapo von der portugiesischen Geheimpolizei PVDE Informationen über Flüchtlinge erhielt und Passagierlisten der auslaufenden Schiffe in deutsche Hände kamen, während die portugiesischen Agenten bereits seit den 30er Jahren in Berlin ausgebildet worden waren, während Mitarbeiter der deutschen Botschaft in Lissabon, die ihren Posten nur wegen ihrer streng nationalsozialistischen Gesinnung erhalten hatten, in ihrer Villa mit Palmengarten saßen und zu ihrem Vergnügen die Wiener Philharmoniker, die Sängerknaben und die Regensburger Domspatzen ins Land holten zu Konzerten in der Lissabonner Kathedrale, während die deutschen Spitzeldienste ihren Sitz im Innern der Gesandtschaft hatten, genoss Salazar den Erfolg seiner Ausstellung der portugiesischen Welt. Er hatte das gesamte Gelände zwischen dem Jerónimus-Kloster und dem Tejo umgestalten lassen. Ein riesiger Platz war entstanden, den er »Praça do Imperio« benannte. Ein Pavillon reihte sich an den anderen. Der Pavillon der Ehre, der Pavillon der Portugiesen in der Welt, der Pavillon der Unabhängigkeit, der Pavillon der Entdeckungen, der Pavillon der Staatsgründung, der Pavillon der Kolonien. Madeira, Azoren, Guinea-Bissau, die Kapverden, Angola, Mosambik, Ost-Timor, Macau, die Kolonien in Brasilien.

Portugal strahlte und glänzte in diesen Hallen, keinerlei kritische Sicht fiel auf das Land und auf die Kolonialpolitik, die die Menschen unterdrückte und den Ländern landwirtschaftliche Produkte und Bodenschätze raubte. Portugal holte Baumwolle, Zucker, Kaffee, Diamanten und alles, was verwertbar war, ins Mutterland. Portugal schaffte die Sklaverei erst 1869 ab und die Schwarzen leben bis heute in Ghettos, schoss es durch meinen Kopf.

Plötzlich stellte ich fest: Ich gehörte nicht mehr zum Getriebe dieser Politik, die ich lange Jahre meines Lebens unterstützt hatte. Ich konnte mich nicht mehr mit meinem Land identifizieren, jegliche nationalistischen und patriotischen Gefühle waren in mir erloschen. All der Glanz erhielt etwas Gespenstisches für mich. Das war nicht Portugal, sondern die Verherrlichung dessen, was das Land erworben hat, indem es andere unterdrückte und ausbeutete. Portugal, Portugal. Großtaten, Helden, Heilige, Seefahrer.

Zorn erfasste mich, Zorn über den blinden Patriotismus, die Propaganda und Machtspiele, die Salazar betrieb.

Kein Glanz in den Hallen konnte verdecken, was Portugal wirklich war und immer noch ist: Ein rückständiger, wirtschaftlich schwacher und verarmter Staat, in dem weit über die Hälfte der Bevölkerung Analphabeten sind, ein jämmerlicher Staat, der die Armen arm und dumm belässt. Die Menschen auf dem Land leben in bitterer Not, sie leben ohne Hoffnung auf Veränderung ihrer Lage, schuften als Knechte der Scholle und zahlen an den Gutsbesitzer. Die Gutsbesitzer rechtfertigten sich für die schlechte Behandlung der Bauern von je her mit Absatzkrisen, Schädlingsbefall oder schlechten Erntejahren.

Ich will aufrichtig sein und nichts verschweigen. Auch ich besaß Ländereien. Die ganze Familie Mendes besaß Land. Es gab immerhin eine Schule, und ich wies den Verwalter an, die Bauern gut zu behandeln. Aber was bedeutet das? Auch ein Teil meiner Einkünfte speiste sich aus der Arbeit der Bauern. Ich war niemals ein Landreformer, auch ich beließ alles, wie es war. Daran hatte selbst meine Tolstoi-Lektüre nichts geändert. Ich gab Almosen an die Armen, von denen ich lebte, und fühlte mich dabei als guter Mensch. Meine Christusstatue trug die Inschrift »Herrgott, segne Cabanas und seine Einwohner«.

Wie widersprüchlich kann ein Mensch sein? Der Mann, der ich hätte sein mögen, lehnte den Mann ab, der ich war, und doch lebten die beiden unzertrennlich zusammen.

Ich habe alle Ländereien verkaufen müssen, ich veräußerte sie an andere Gutsbesitzer, dabei hätte ich sie an die armen Bauern abgeben sollen, aber ich brauchte Geld. Die Hypotheken auf das Haus explodierten, die Zinsen, die ich für meine Schulden bezahlen musste, fraßen alles auf, die Banken ließen nicht mehr mit sich reden, und Pedro Nunos Hochzeit stand bevor. Es war das letzte Familienfest, das wir feierten. Und es war der letzte Anzug, den ich mir zu diesem Anlass schneidern ließ.

Der Schneidertag gehörte von jeher nur Angelina und mir. Ihr machte es große Freude, Stoffe auszuwählen, sie ließ sich mehrere Ballen vorlegen, prüfte und betastete jeden einzelnen Stoff, bis sie sich für die beste Qualität und Farbe entschied und mir ihre Wahl vorstellte. Ich stimmte jedes Mal zu, auch was den Schnitt anging, Angelina hatte immer das beste Auge und Farbempfinden, mit ihrer Hilfe war ich stets elegant und edel gekleidet.

An dem Tag, an dem wir den letzten Anzug, einen schwarzen Smoking aus luftigleichtem, fein gewobenen Damast abholten, gingen wir am Abend in ein exklusives Restaurant, das gehörte zu unseren Schneidertagen, das ließen wir uns nicht nehmen.

Mit dem Verkauf der Ländereien schritt meine Verarmung kontinuierlich voran. Aber über welche Verarmung spreche ich, wenn ich mir noch Anzüge kaufte und eine riesige Hochzeit ausrichtete? Über welche Verarmung spreche ich, wenn es immer noch Personen gab, die mir Geld liehen? Wie oft schrieb ich:

Lieber ... ich glaube ich schulde Dir jetzt ... Könntest Du mir die Summe aufrunden zu ... Ich brauche sie, um ...

Verehrter ... verzeihen Sie ... die Umstände zwingen mich ... ich wäre Ihnen sehr verbunden ... möchte Sie bitten um ...

Ich erhielt Hilfe, jedenfalls zu Anfang. Es gab einige Personen, die meine Not linderten. Auch meine belgischen Freunde unterstützten mich, sie spendeten sogar ein Feuerwehrauto für Cabanas.

Armut bedeutet etwas anderes.

Man muss nicht Miguel Torga gelesen haben, um die wirkliche Armut und ihr Ausmaß in Portugal zu erkennen. Wer sich im Land umschaut, kann es nicht übersehen. Nicht nur die ländliche, auch die städtische Bevölkerung Portugals lebt im Elend. Die vielen Bettler, die vielen in Lumpen und Stofffetzen gekleideten Menschen, die Bastschuhe oder gar keine Schuhe tragen, die halbnackten, hungrigen Kinder mit dunklen Rändern um die Augen, die ihre Hand hinstrecken, sind nicht nur in der Alfama Lissabons zu finden, wo die Müllkübel umgestülpt, die Kopfsteinpflaster mit Abfall bedeckt sind, wo es in den engen Gassen, die von der Mündung des Tejo bis auf den Burghügel führen, nach Kot, Urin und Fischabfällen stinkt, wo Glassplitter von zerborstenen Flaschen unter den Füßen knirschen. Gassen, in denen alte Männer auf klobigen Holzstühlen sitzen und Domino spielen, in denen Menschen bei offenen Fenstern und Türen wohnen, um es in ihren Wohnlöchern aushalten zu können, Gassen, in denen Wäscherinnen ihren Zuber auf die Wege stellen und Seifenpulverflocken, ihre Lieder oder wüste Schimpfwörter in das Geruchsgemisch und Stimmengewirr einstreuen. Das ist Portugal. Und keine Schläuche der Straßenreinigung können diesen Schlamm der Armut fortspülen, denn immer wieder entsteht eine neue Schicht, die sich über die Gassen ausbreitet, als würde sie aus den Tiefen des Tejo in stetiger Folge aufsteigen.

Und kein Glanz der Ausstellung konnte damals die vielen Flüchtlinge verdecken, die ihre Heimat verloren hatten, Menschen, die niemand brauchte, die keine Arbeitserlaubnis und nur eine vierwöchige Aufenthaltsgenehmigung hatten, die ihr Leben in Sicherheit bringen mussten und einen Ort suchten, an dem sie geduldet waren.

Die mittellosen Flüchtlinge saßen in Portugal fest, ihnen fehlte das Geld für Schiffstickets, sie konnten kaum die hohe Miete für ihre Unterkünfte bezahlen, sie arbeiteten schwarz als Straßenhändler und verkauften ihre letzte Habe, Kleidungsstücke, Tafelsilber und andere gerettete Gegenstände, oder sie schufteten als Tagelöhner. Nur die reichen und angesehenen Menschen, die über Geld und Beziehungen in den USA verfügten, blieben nur ein paar Wochen im Land und überbrückten nicht selten die Zeit im Casino von Estoril bei Roulette, Banca Francesca oder Black Jack.

Auch ich habe das Casino besucht. Der Südexpress aus Paris machte nicht nur in Lissabon, sondern auch in Estoril Halt. In einem Frühherbst, als Andrée aus Frankreich zurückkehrte, verabredeten wir uns, ein Wochenende am Strand zu verbringen. Angelina sagte ich, ich müsse in Estoril ein paar Bekannte treffen, die uns vielleicht weiterhelfen könnten, was nicht gelogen war.

Andrée und ich bezogen eine verschwiegene Pension im Nachbarort Cascais, nur zwei Kilometer von Estoril entfernt. Den Nachmittag verbrachten wir glücklich über unser Wiedersehen am Guincho-Strand. Am Abend plante ich, ins Casino zu gehen, um Personen zu treffen, die ich dort vermutete. Andrée wünschte sich, mich zu begleiten. Ich lehnte es ab, ich wagte nicht, sie mitzunehmen. Es gab Streit. Andrée war die ewige Heimlichtuerei leid, sie wäre nicht aus Frankreich gekommen, um den Abend allein zu verbringen, wann ich endlich zu ihr und unserer Liebe stehen würde. Sie wurde immer lauter. Ich blieb standhaft. Andrée reiste nach Lissabon ab, ich besuchte das Casino allein.

Ich verlor einen Teil des Geldes, das ich gerade durch den Verkauf eines Grundstückes erworben hatte, indem ich beim Roulette im Wechsel auf Rot oder Schwarz setzte. Auch sonst blieb mir jeglicher Erfolg versagt.

Verloren hockte ich im Foyer Panoramico. Die ganze Einrichtung war in den Farben Rot und Schwarz gehalten, ich fühlte mich, als säße ich auf einem Roulettetisch. Ich starrte in die Landschaft und versank in düstere Gedanken. Ich bemühte mich um fadenscheinige Kontakte und verspielte mein Geld, während die mittellosen Flüchtlinge um ihr Leben bangten und nicht aus Portugal herauskamen.

Die meisten Portugiesen wussten nicht, wovor und weshalb die Menschen geflohen waren. Die Pressezensur und die vielen Analphabeten im Land verhinderten es. Die Portugiesen waren trotz ihrer Unwissenheit gastfreundlich und hilfsbereit. Sie beschenkten die Flüchtlinge mit Brot und Wein oder luden sie nach Hause ein.

Dennoch entging mir nicht, dass zwei Welten gegeneinander prallten. Die alten Frauen und Witwen konnten sich nicht an die Frauen in kurzen Röcken oder ärmellosen Kleidern gewöhnen, die ohne Kopfbedeckung und ohne männliche Begleitung die Cafés und Restaurants besuchten und rauchten, oder sogar im Badeanzug am Strand umherliefen. Ein portugiesisches Mädchen durfte nach dem Abendessen nicht allein auf die Straße gehen oder in einem Café sitzen. Nur Prostituierte taten das. Auch einige Männer beschimpften die Ausländerinnen; die meisten beäugten sie mit neugierigem Interesse.

Die jungen Portugiesinnen begannen, die Emigrantinnen nachzuahmen, kleideten und frisierten sich plötzlich in ihrem Stil. Die Flüchtlinge brachten das moderne Europa in Portugals mittelalterliche Strukturen, zumindest innerhalb der Städte.

ANKLAGE UND VERTEIDIGUNG

Mein Prozess nahm seinen Lauf. Ich fasse verschiedene Zeugenaussagen zusammen:

Mendes war in Bordeaux zwar nicht dem Wahnsinn verfallen, aber es hat bei ihm Anzeichen von Starrsinn gegeben.

Mendes war immer wieder gewarnt worden, welche Konsequenzen die rechtswidrige Ausstellung der Visa für ihn haben könnten.

Mendes war ein verwahrloster und verstörter Mann, nicht Herr seiner Sinne, deshalb hatte der Botschafter in Madrid die spanischen Behörden gebeten, die von ihm ausgestellten Visa als ungültig zu betrachten. Ohne Zweifel war der Konsul nicht mehr im Besitz seiner geistigen Kräfte.

Ein Beamter darf nicht menschlich sein. Mendes war zu schwach, er hat sich von der Situation der Flüchtlinge überwältigen lassen.

Es verschlug mir die Sprache. Ich bin kein Mann, der emotionslos zuschaut, wie Menschen sterben! Ich konnte vor gefühllosen Regierungsentscheidungen nicht in Gleichmut verharren. Bin ich deshalb starrsinnig oder gar verrückt? Mangelnde Pflichterfüllung, Unzuverlässigkeit, menschliche Gefühlsduselei, geistige Umnachtung … , ich glaubte nicht, was ich las.

Ungeheuerliche Anklagepunkte lagen gegen mich vor. Ich wurde

angeklagt, die Visa von Arnold Wiznitzer und Familie sowie von Professor Laporte ausgestellt zu haben, bevor eine Antwort aus Lissabon eingetroffen war,

angeklagt, gegen das Rundschreiben Nummer 14 verstoßen zu haben,

angeklagt, britische Staatsbürger gebeten zu haben, für einen portugiesischen Wohltätigkeitsfond zu spenden, bevor sie ihre Visa erhielten,

angeklagt wegen des Befehls an den Konsul von Bayonne, für alle Antragsteller Visa auszustellen, weil es nötig sei, alle diese Leute zu retten,

angeklagt, meine Kompetenzen überschritten und dem Konsul von Bayonne befohlen zu haben, die Visa gebührenfrei zu erteilen,

angeklagt, dem Konsul von Toulouse telefonisch angewiesen zu haben, Visa auszustellen, angeklagt wegen meiner Bemerkung gegenüber Armando Simeão, dass es über meine Kräfte gehe, diesen armen Leuten ein Visum zu verweigern,

angeklagt, Portugal gegenüber den spanischen und den deutschen Behörden in eine unehrenhafte Lage gebracht zu haben,

angeklagt, weil die meisten Ausländer, die nach Portugal einreisen wollten, von mir unterzeichnete Dokumente vorwiesen,

angeklagt, weil unter diesen Ausländern sehr viele Nationen vertreten waren, denen nach den Bestimmungen kein Visum erteilt werden durfte,

angeklagt, Visa auf Dokumenten erteilt zu haben, die nicht einmal Pässe waren,

angeklagt, den Luxemburgern Paul Miny und Maria da Conceicao Miny mit portugiesischen Pässen zur Einreise verholfen zu haben,

angeklagt wegen der Verfälschung ihres Verwandtschaftsverhältnisses zueinander,

angeklagt wegen meiner Bitte, mir den fraglichen Pass nach ihrer Einreise in Portugal zurückzugeben.

Angeklagt, angeklagt, angeklagt!

Ich begriff nicht, was mir widerfuhr. Ich lief mit dem Brief durch die Wohnung und verfluchte Salazar. Sind wir im Mittelalter? Sind wir Barbaren? Hat es den Humanismus nicht gegeben? Hat er uns nicht gelehrt, einen Menschen nicht in Not zu lassen? Sprengt der Krieg, sprengen die Eigeninteressen eines Staates alle göttlichen und humanistischen Gebote? Geht es nur noch um die wahnwitzige Egomanie der Nationalstaaten auf Kosten von Menschenleben? Ist jedes moralische Gefühl abgestorben, hat das Gewissen sich in Luft aufgelöst, ist es in den Blutbädern unserer Zeit ertrunken?

Mein Herz machte wilde Sprünge. Ich kramte in der Schublade nach den blutdrucksenkenden Tabletten, die der Arzt mir verschrieben hatte, und schluckte zwei auf einmal.

Ich hatte zehn Tage Zeit, auf die Anklageschrift zu antworten. Immer wieder las ich den Brief von Neuem, immer wieder empörte ich mich, versuchte gleichzeitig, meinen Zorn zu zügeln, um keinen Fehler zu begehen.

Es verging keine Stunde, in der ich nicht überlegte, wie ich antworten würde. Punkt für Punkt ging ich die Anschuldigungen durch und arbeitete eine Strategie aus. Ich hatte schlaflose Nächte, grübelte, bis mir der Kopf zu zerspringen drohte. Zum ersten Mal, so unglaubhaft es klingen mag, erkannte ich die gravierende Gefährdung meiner gesamten Existenz, die von der Anklageschrift ausging.

Ich betäubte den Schmerz mit Cafiaspirina-Tabletten. Ich war im Recht und wollte kämpfen für mein Recht. Ich muss alles erläutern, ins rechte Licht rücken, sagte ich mir, ich muss die Ereignisse und meine Beweggründe klar formulieren. Es darf nicht nach Rechtfertigung klingen, denn ich will mich nicht rechtfertigen für etwas, was ich als selbstverständlich empfinde – habe ich denn eine Wahl? Sie treiben mich ja dazu, mein Verhalten zu rechtfertigen, da es von ihnen angefochten wird.

Tag und Nacht kam ich nicht zur Ruhe, ich notierte meine Gedanken auf Papierfetzen, an den Zeitungsrand, nahm als Zettel, was gerade greifbar war, in fliegender Hast kritzelte ich Stichworte und Sätze aufs Papier, in der Angst, die Formulierung, die mir geeignet erschien, könnte sich im nächsten Moment wieder verflüchtigen. Mehrmals versuchte ich, die Notizen nach thematischen Zusammenhängen zu ordnen. Ich überlegte, durchdachte, überprüfte, sortierte. Es war eine Qual.

*

Andrée lag in der Klinik und gebar unsere Tochter Marie-Rose. Ich befand mich in einer desolaten Verfassung, hatte nicht einmal Gelegenheit, die Kleine zu sehen.

»Marie-Rose wird bei meiner Schwester in Ribérac aufwachsen«, sagte Andrée mir am Telefon. »Sie ist einverstanden, es ist beschlossene Sache. Ich werde so bald als möglich das Kind zu ihr bringen und dann nach Lissabon zurückkehren.«

Ich wusste nichts anderes darauf zu antworten als: »Es ist deine Entscheidung.« Dann folgte Schweigen.

Fiel es ihr leicht, ihr Kind fortzugeben, weil sie selbst bei der Tante in Ribérac aufgewachsen war? – Kurz nach Andrées Geburt verließ der Vater die Familie. Die Mutter starb, als sie drei Jahre alt war. – Oder gab sie für mich das größte Opfer, trennte Andrée sich von ihrer Tochter, um meine Geliebte zu bleiben. Ich fragte mich plötzlich, ob ich sie von einem solchen Leben abhalten sollte. Ich tat es nicht, ich tat es auch nicht um des Kindes Willen, obwohl mir sein Wohlergehen nicht gleichgültig war.

Marie-Rose hatte den falschen Vater erhalten. Sie würde für mich als Fremde heranwachsen und mir fremd bleiben. Ich sah mich zwischen Andrée und Angelina stehen, ohne die Möglichkeit, mich in die eine oder andere Richtung zu bewegen. Ich betrachtete mich mit großer Distanz und kam zu der Erkenntnis, ein eitler Egoist zu sein. Das bin ich, ob ich es will oder nicht. Vielleicht ist mein Leben nur eine sich selbst befriedigende Leidenschaft, vielleicht ist meine Liebe nur Selbstsucht in ihrer schlimmsten Form.

*

Meine Verteidigungsschrift umfasste 20 Seiten. Ich wies in der Hauptsache auf folgende Punkte hin:

Es gibt Dinge, die über alles andere gestellt werden müssen.

Man hätte all diese Flüchtlinge in Konzentrationslager interniert.

Ich verfolgte das humanitäre Ziel, Menschen zu retten.

Die meisten der Flüchtenden waren Juden, die bereits unter der Verfolgung der Nazis gelitten hatten und nun wieder von ihnen bedroht waren.

Die Frauen fürchteten sich vor Vergewaltigungen deutscher Soldaten.

Ich selbst musste Selbstmorde miterleben, bevor die Deutschen die Flüchtlinge an der Grenze festnahmen.

Portugal muss auch Verantwortung tragen gegenüber den während der Inquisition verfolgten Juden im 15. und 16. Jahrhundert, und nun ist der Zeitpunkt gekommen, den Frevel wiedergutzumachen.

Ich habe Portugal nicht entehrt, sondern das Ansehen des Landes verteidigt, da es ein christliches Land ist, das von je her Flüchtlingen Obdach geboten hat.

Viele berühmte Persönlichkeiten, darunter die Familie Habsburg, die Rothschilds, belgische Minister, Salvatore Dali, Robert Montgomery, Friedrich Torberg und unzählige andere Prominente, die ich gerettet habe, sind mir dankbar und danken damit auch Portugal, das sie als einziges Land in Europa aufgenommen hat.

Ich habe auch dem Schriftsteller Charles Oulmont ein Visum ausgestellt, weil er gegen das Hitlerregime geschrieben hat und deshalb sehr gefährdet war.

Die Schriftstellerin Gisèle Allatini bezeichnete mich als die beste Werbung für Portugal. Sie betonte, ich sei eine Ehre für mein Land. Ich legte ihren Brief bei.

Ferner fügte ich einen Artikel mit dem Titel »Portugal war immer christlich« aus der Zeitung Diario de Noticias hinzu, der die Gastfreundschaft des Landes gegenüber den Flüchtlingen hervorhob.

Warum werde ich von der portugiesischen Regierung für mein Handeln angeklagt? Vielleicht, schloss ich meinen Bericht, habe ich Verfahrensfehler begangen, doch habe ich voll und ganz nach meinem Gewissen gehandelt.

HEIMATLOS

Ich ging in die Parks oder in die Cafés am Rossio-Platz, in denen sich die Flüchtlinge trafen und den Tag verbrachten. Ich wechselte vom »O Nicola« ins »O Portugal«, »O Suìço«, »O Gelo«. Am häufigsten saß ich im »Chave d'Ouro«, es war ein heruntergekommenes Lokal mit abgenutzten Sofas und gebrochenen Bodenfliesen. Wacklige Tische standen eng aneinander und der Boden war mit Zigarettenstummeln übersät. Früher gingen dort berühmte portugiesische Schriftsteller ein und aus. Auch Fernando Pessoa soll es besucht haben.

Ich wählte einen Platz im Innern. Draußen war es selbst an den Tischen unter der Markise zu heiß.

Das Café war mit Flüchtlingen überfüllt. Der Lärm hallte durch den Raum. Gesprächsfetzen, Rufe, Geklapper von Tassen, Kellner, die dem Tresenpersonal die Bestellungen entgegenriefen.

Die Menschen hockten an den Tischen und rauchten. Die dicken Schwaden, die durch das Café zogen, konnten die Tatsachen nicht vernebeln: Alle Menschen, die hier saßen, trugen das gleiche Schicksal. Sie hatten ihre Heimat und ihre Lebensform verloren, ihre Häuser, ihr Hab und Gut, alles hatten sie zurücklassen müssen, auch ihre Identität.

Es waren Menschen wie alle Menschen. Sie waren gutmütig oder streitsüchtig, habgierig oder großzügig, stolz oder bescheiden, schlau oder einfältig, arm oder reich, hässlich oder schön. Das, was sie verband, war allein die Notwendigkeit, fliehen zu müssen.

So viele Gesichter, so vielfältig wie die Menschheit. Alle diese Menschen wollten ein friedliches, geregeltes Leben führen. Man ließ sie nicht. Wie viele unter ihnen waren immer wieder aus einem neu aufgebauten Leben herausgerissen worden? Wie oft mussten sie erleben, wie die neue Zukunft, die sie sich schufen, zusammenfiel und keine sichere Zukunft war? Sie hatten schwierige und bittere Jahre im Exil hinter sich, hatten Torturen der Nazis in den Konzentrationslagern erfahren, sie trugen Abschiede, Misshandlungen und Todesfurcht in sich, alle waren gezwungen, sich in Portugal aufzuhalten, in einer fremden Welt mit fremder Sprache, die sie von der verlorenen Heimat und dem vertrauten Leben trennte. Sie waren keine Touristen. Die Sehenswürdigkeiten, die Portugiesen, ihre Lebensart verschwammen für sie zu undeutlichen nebensächlichen Nebelbildern. Sie waren Fremde in einer fremden Umgebung.

Eine Frau, die rauchte und ihr langes Haar offen trug, sagte zu ihrer Freundin: »Schau dir die Portugiesen an, sie starren uns an, als wären wir Zootiere.«

Am Nebentisch stritt sich ein Ehepaar.

»Was habe ich hier zu suchen? Was will ich hier?«, rief der Mann. »Ich will nach Hause!« Er vergaß vollkommen, warum er geflohen war. Er flehte die Frau an, zurückzukehren zu den Eltern, die noch in Deutschland lebten, von denen er seit Wochen nichts mehr gehört hatte. Er steigerte sich in das Wunschdenken hinein, es würde schon nicht so schlimm kommen, obwohl viele Flüchtlinge erfahren hatten, was man ihren Verwandten und Freunden angetan hatte. Andere schickten Pakete mit Lebensmitteln nach Deutschland, die immer häufiger zurückkamen mit dem Vermerk: Ohne Angabe der Adresse abgereist.

Es gab keine Heimkehr für sie. Sie konnten nicht zurückkehren. Das Leben, das sie geführt hatten, gab es nicht mehr. Nichts war mehr übrig, alles war zerstört worden. Die Menschen, die hier saßen, waren Verstoßene und Bedrohte. Sie versuchten, ihr nacktes Leben zu retten und durften nicht in die Hände der Nazis geraten. Für sie gab es nur eine Lösung: Auswandern, irgendwo ankommen und bleiben dürfen.

»Sardinha fresca«, tönte die schrille Stimme einer Fischfrau. »Schaut euch das an. Sie sitzen den ganzen Tag im Café herum und schwatzen. So gut möchte ich es auch einmal haben.«

*

Die erfolgreiche deutsche Wehrmacht rückte den Krieg immer näher an Portugal. Die Flüchtlinge fürchteten, von den womöglich ins Land eindringenden Nazis oder von der Gestapo in Portugal gefasst zu werden.

Ich traf einige Menschen wieder, denen ich zur Flucht verholfen hatte. Auch Chaim Krüger hielt sich noch in Lissabon auf. Er hauste mit seiner Familie in einem der ärmlichen Viertel in einer kleinen Dachgeschosswohnung mit zwei winzigen Zimmern, die nur über eine schmale steile Stiege erreichbar war. Das Mobiliar beschränkte sich auf eiserne Betten und ein paar Stühle. Waschgelegenheit und Toilette befanden sich im Erdgeschoss für alle Bewohner des Hauses zusammen. Chaim beklagte sich nicht. Im gleichen Haus wohnten Menschen in winzigen fensterlosen Abstellkammern.

Ich fragte ihn aus, wie es ihm in Lissabon erging.

»Wir müssen warten, warten, warten«, sagte er. »Im Polizeirevier für Ausländer stehen wir in langen Schlangen an für Aufenthaltsgenehmigungen oder Ausreiseerlaubnisse, vor den Botschaften für Visa. Die Engländer und Franzosen werden bevorzugt behandelt, die Deutschen und Österreicher gelten aufgrund ihrer französischen Reisepapiere als Franzosen. Dann kommen die Belgier und Holländer, erst danach die Tschechoslowaken und Polen. Jeder hofft auf eine Gelegenheit, nach Übersee zu kommen. Es gibt kaum noch Möglichkeiten, die Aufenthaltsgenehmigung zu verlängern, und die Razzien der portugiesischen Polizei werden härter. Auch von Übergriffen auf Frauen durch Polizisten habe ich gehört.« Chaim wischte sich mit seinem Taschentuch den Schweiß von der Stirn. »Jeder will so schnell wie möglich Portugal verlassen. Jeder hat Angst. Täglich bemühe ich mich um Tickets. Wir erleben Bestechungen, überhöhte Preise und Betrug. Man verkauft uns nutzlose Visa für Länder wie Haiti, die man von Lissabon aus direkt gar nicht erreichen kann. Man müsste über Kuba fahren, aber dieses Transitvisum, wenn man es überhaupt bekommt, kostet 200 Dollar. Behörden und Reedereien schlagen aus unserer Not Profit. Ich brauche die Tickets für die Familie! Fast alle Plätze sind von Amerikanern oder Reichen gebucht. Außer ihnen sind die Engländer die einzigen, die schnell aus Portugal herauskommen. Sie werden von englischen Schiffen nach Hause gefahren. Wir, wir müssen warten. Die Hoffnung, mit der »Nea Hellas« wegzukommen, ist nun auch null und nichtig. Wir haben ja das Visum für die USA, aber was nützt es ohne Schiff und Ticket? Weißt du, wie ich endlich an Fahrkarten und einen Schiffsplatz kommen kann?«

Ich schüttelte den Kopf. »Ich kann dir nur die Jüdische Gemeinde nennen«, sagte ich. »Ich habe keinerlei Möglichkeiten mehr.«

Dann berichtete ich von dem Prozess.

»Es ist meine Schuld«, sagte er und umarmte mich. Sein langer Bart rieb an meiner Wange.

Ich klopfte ihm auf den Rücken. »Wir haben richtig gehandelt, Chaim. Ich bereue nichts.«

Chaim Krüger konnte Lissabon erst im Juni 1941 verlassen. Angelina und ich standen am Pier, als die »Nyassa« ablegte. Die Krügers standen an der Reling und winkten. Chaim wedelte uns mit seinem Hut zu. Die Dampfersirene ertönte, die Maschinen dröhnten. Das Schiff legte ab, fuhr in die Mitte des Flusses hinaus, glitt zur Mündung, entfernte sich, bis ich es nur noch als kleinen schwarzen Punkt am Horizont wahrnahm, der sich im Meer auflöste.

Das Schiff brachte die Familie nach New York. Endlich war Chaim auf dem Weg zu seinen Verwandten. Er fand für sich und die Seinen ein neues Leben. Später schickte er mir einen Artikel aus der Jüdischen Zeitung, in dem er über mich berichtete.

DIKTATUR

An den Kiosken und Zeitungsaushängen bildeten sich täglich Trauben von Menschen. Viele Ausländer und jene, die Fremdsprachen beherrschten, informierten sich über die zensierte portugiesische Presse hinaus. Portugal war neutral, es gab englische, deutsche, französische und andere ausländische Zeitungen zu lesen. Obwohl auch sie unter staatlicher Kontrolle standen, und einige Ausgaben mit unerwünschten Inhalten nicht erscheinen durften, erfuhren die Leser schon bald von den Gräueltaten der Deutschen in den Zeitungen ihrer Feinde. Die portugiesischen Zeitungen schwiegen dazu, sie waren von großen weißen Löchern durchzogen, in denen das stand, was das Volk nicht lesen durfte. Später sah man die Lücken nicht einmal mehr, die Zensur war unsichtbar geworden.

Mit den gedruckten Buchstaben stimmte die hiesige Presse Lobeshymnen über Portugal und das portugiesische Volk an, die gedruckten Buchstaben ergaben nur regierungskonforme Artikel mit fragwürdigen Inhalten.

Je länger ich mich in Lissabon aufhielt, desto stärker nahm ich unter dem Lärm der Stadt die Atmosphäre von Angst und Unterdrückung wahr. Die Lichterstadt, wie einige Flüchtlinge Lissabon nannten, die Stadt, die keine Sperrstunden und Verdunkelungen hatte, barg hinter der Fassade ihrer Buntheit und Betriebsamkeit eines scheinbar sorglosen Straßenlebens eine andere Welt. Im Café, in der Straßenbahn, im Omnibus, in den Geschäften, Restaurants, Frisierläden, auf den Plätzen und Avenidas, nirgends ertönten lebhafte oder gar kritische Stimmen, jeder fürchtete im anderen einen Spitzel oder Denunzianten, die Menschen lebten in einer stickigen Welt voller Verdächtigungen und Bedrohungen, an jeder Straßenecke konnte ein Geheimer auf sie warten, um sie, ohne einen Grund zu nennen, festzunehmen und ins Auto zu zerren.

Eine Kundgebung folgte der nächsten. Es waren Pflichtveranstaltungen in Stierkampfarenen und Sportstadien, für die die Regierung Elektrische und Busse anmietete und die Menschen zum Veranstaltungsort bringen ließ. Es waren Aufmärsche in den großen Avenidas der Stadt mit Stiefelklappern, patriotischem Geschrei und ausgestrecktem Arm wie in Deutschland: »Portugal, Portugal, Salazar, Salazar!« Militärmusik, Paukenschläge, »Tod dem Bolschewismus!« Redner der »Portugiesischen Jugend« oder der »Portugiesischen Legion« plärrten durch die Lautsprecher, Fahnenträger schwenkten die Banner. »Vivat, vivat.« Sie trugen Uniformen mit Kappe, grünem Hemd, Khakihosen und Stiefeln. Auf der Gürtelschnalle war ein großes »S« eingraviert.

Die Portugiesische Legion, die bewaffnete Miliz, und die politische Polizei, hatte Salazar nach Vorbild der SA gegründet, die Portugiesische Jugend nach dem Muster der Hitlerjugend. Im Alter von zehn Jahren waren die Jungen gezwungen, Mitglied zu werden. – Ich empfand plötzlich Dankbarkeit. Meine Kinder waren im Ausland aufgewachsen, ihnen blieb die »Mocidade« erspart. Sie hatten in Belgien und Frankreich ein moderneres und unabhängigeres Leben mit größeren Freiheiten und fortschrittlicherem Gedankengut kennengelernt. Sie bewegten sich wie aufgeschlossene Westeuropäer, nicht wie in ihren alten Strukturen festgefahrene Portugiesen.

Und ich? Welchen Trugbildern war ich ausgesetzt? Wie verblendet kann ein Mensch sein? Jahrelang hatte ich Salazar gedient, während er seine Macht mehr und mehr ausbaute und Portugal in einen Ort des Schreckens verwandelte. Ich unterstützte und vertrat ihn. Ich war ein konservativer, monarchistisch geprägter Mensch, ich verabscheute das Chaos und die Anarchie, in die die Republik Portugal seit 1910 gestürzt hatte. Nach dem Militärputsch, nach der Absetzung König Manuels II. und der Ausrufung der Republik hatten zwei Dutzend Staatsstreiche und Revolutionen stattgefunden, die das Land in den Staatsbankrott trieben. Ich wünschte ein Ende der Tumulte, die die Stabilität des Landes bedrohten und hatte den Putsch des Militärs begrüßt, der der Republik endlich ein Ende bereitete.

Auch mein Bruder stand auf der Seite der Republikkritiker. Er war 1932 zum Außenminister ernannt, nach einem knappen Jahr allerdings wieder entlassen worden wegen einer Bildungsreform, die er nach dem

Vorbild Schwedens für Portugal vorgeschlagen hatte. Salazar verhindert bis heute Bildung für das Volk. Es soll dumm bleiben, nicht denken, sondern sich mit Fado, Fußball und Paraden begnügen. Nach Césars Entlassung schrieb ich meinem Bruder: Salazar soll verflucht sein. Sein Name soll mit Verachtung ausgesprochen werden, wenn er eines Tages der Grund für unser aller Schande sein sollte.

Trotz mancher Kritik war ich in all den Jahren, die folgten, kein Gegner Salazars. Er sanierte den Staat als Finanzminister. Dann ernannte ihn Staatspräsident Oscar Carmona zum Präsidenten des Ministerrats, das bedeutete, Salazar war von nun an Regierungschef. Er erhielt zusätzlich das Amt als Kriegs- und Außenministers, zwischenzeitlich war er auch Kolonialminister. Salazar hatte seine Möglichkeiten genutzt und war zum Alleinherrscher geworden.

1933 rief er den »Estado Novo« aus.

Alles in allem hielt ich seine Ziele für angemessen. Sie entsprachen meinen Wünschen. »Gott und das Gute, das Vaterland und seine Geschichte, die Autorität und ihren Wert stellen wir nicht infrage; nicht Familie und Sitte und nicht Ehre und Pflicht der Arbeit«, verkündete er in einer Rede.

Salazar hatte die Ordnung im Innern wiederhergestellt und propagierte Bescheidenheit, Demut, Fleiß, Ruhe, und er stärkte den Katholizismus. Außenpolitisch war er kein Aggressor, er beabsichtigte, die portugiesischen Gebiete zu verteidigen und das bestehende portugiesische Reich einschließlich seiner Kolonien zu erhalten.

1937, während meiner einzigen Audienz, die ich bei ihm hatte, vertraute er mir an, sich vor einem Attentat zu fürchten. Alles, was ich damals dachte, war: Gott möge Salazar schützen. Am »Tag der Rasse« hielt ich eine Rede, in der ich die »portugiesische Rasse« lobte und mich selbst als »Legionär des heiligen nationalistischen Kreuzzugs« bezeichnete. Ich steckte damals wieder einmal in finanziellen Schwierigkeiten und es lief gerade ein Disziplinarverfahren gegen mich, weil ich Gelder zu spät ans Ministerium zurückgeführt hatte. Selbst wenn ich aus taktischen Gründen handelte und sprach, ändert es nichts an der Tatsache, dass ich Salazars Ideologie und den Estado Novo unterstützte und vertrat.

Im Rückblick muss ich mir eingestehen: Ich hatte im Ausland das Ausmaß der Macht Salazars in Portugal und die Unterdrückung des Volkes stark unterschätzt. 1936 musste ich wie alle Staatsbeamten per Eid dem Kommunismus und allen subversiven Ideen abschwören und über eine Unbedenklichkeitsbescheinigung der Staatspolizei verfügen, um weiterhin als Konsul arbeiten zu können. Ich hatte diese Maßnahmen nicht problematisiert, ich machte mir nicht klar, wie stark die PVDE auch die Arbeit der Konsulate überwachte und Beschwerden formulierte. Ich lebte zu dieser Zeit mit der Familie in Löwen, hatte mich sogar der Portugiesischen Legion angeschlossen, der

Vereinigung, in der, wie sich herausstellte, die meisten Antisemiten zu finden waren.

Seit ich in Lissabon wohnte, erkannte ich immer deutlicher, welche Auswirkung Salazars Regime auf die Menschen hatte. Untertanengeist und blinder Gehorsam, Schweigen und Willenlosigkeit hatten sich ausgebreitet wie eine Seuche. Alle schwiegen aus Angst vor einer verräterischen Äußerung, die sie ins Gefängnis bringen könnte. Schüler und Studenten schwiegen, Fabrikarbeiter schwiegen, Minister und Beamte schwiegen, Reiche und Arme schwiegen. Sie folgten Salazar und stellten sich blind gegenüber der Unfreiheit, in die sie geraten waren. Die Arbeitgeber durften keinen einzigen Arbeitsplatz ohne Genehmigung der politischen Polizei vergeben. Die Personalakte musste ohne jeden Makel sein.

Salazar will Macht und alle Mittel sind ihm recht. Rücksichten kennt er nicht. Sein Staat ist der unumschränkte Herrscher, der den Menschen den Mund verbietet, indem er Zensur ausübt und mit Verhaftung und Folter droht. Er fordert absoluten Gehorsam. Alle müssen seinen Anweisungen Folge leisten, die Minister, die Polizisten, die Folterer, die Konsuln. Ich.

Ich blickte auf meine Berufstätigkeit wie durch eine milchige Glasscheibe. Ich erschrak, als ich die Tiefe meines Missfallens erkannte. Das Gefühl war auf einmal so allmächtig, und ich fragte mich, wie ich die vielen Jahre durchgestanden hatte. Mit einem Mal sah ich ein ganzes Gebäude von Irrtümern zusammenstürzen.

URTEIL UND AUSWIRKUNG

Warten auf das Urteil bestimmte meine Wochen. Jeden Tag lag ich morgens auf dem Bett und dachte an den Postboten, der vielleicht den entscheidenden Brief bringen würde. Ich war innerlich unruhig und nervös, fühlte mich in meiner wartenden Untätigkeit eingesperrt, ich konnte nicht in meiner Wohnung bleiben, sie erschien mir wie eine Gefängniszelle, und so trieb ich mich oft in der Stadt herum.

An einem Donnerstag kam ich von einem Spaziergang nach Hause. Angelina lief mir entgegen. »Ein Brief von der Behörde! Er liegt auf deinem Schreibtisch.«

Wir gingen in die Bibliothek. Ich sah den Brief auf der Tischplatte liegen, starrte meine »Zukunft« an, zögerte eine Weile, sie in die Hand zu nehmen. Ich nahm mir ein Herz, griff von einer Sekunde auf die andere nach dem Umschlag, riss ihn auf und faltete den Bogen auseinander.

...

Ich glaubte kaum, was sich Zeile für Zeile zu meinem Urteil verdichtete. Ich hätte den Brief am liebsten zerknüllt, war aber natürlich gezwungen, ihn zu Ende zu lesen. Satz für Satz enthielt eine Ungeheuerlichkeit nach der anderen.

Man warf mir vor, meine Verfehlungen nicht zu bedauern, sondern mich ihrer auch noch zu rühmen. Mir wurde meine Fähigkeit, ein Konsulat zu leiten, aberkannt, und man degradierte mich in eine niedere Beamtenkategorie.

Meine erste Reaktion war Wut. Sie breitete sich wie ein heißer Strom in mir aus und lähmte mich. Ich sah im wahrsten Sinne des Wortes Rot. Ich loderte innerlich.

Vergeblich versuchte ich, meine Gedanken zu ordnen. Es dauerte eine Weile, bis ich mich fasste und sich die Überlegung einschlich, wenigstens weiterarbeiten und meine Familie ernähren zu können.

Nur wenige Tage später erklärte Salazar persönlich das Urteil für ungültig. Er suspendierte mich bei halbem Gehalt für ein Jahr vom Dienst und versetzte mich nach diesem Jahr in den vorzeitigen Ruhestand. Er nahm mir meine Arbeit und meinen Lebensunterhalt und entließ mich wegen Gehorsamsverweigerung, er warf mich für immer hinaus!

Meine Wut drang nach außen: »Welchen Gehorsam verlangt er von mir? Was erlaubt er sich? Kennt er seine eigene Verfassung nicht? Es ist eine Unverschämtheit. Er kann nicht einfach das Urteil verwerfen und ein neues verfügen. Er ist vollkommen unfähig, er ist nicht berechtigt, das Urteil des Gerichtes zu revidieren, auf welcher Grundlage verfügt er denn meine

Entlassung, er kann mich nicht einfach in solch eine Situation bringen ...«

Ich hatte Angelinas Beistand und Trost erwartet. Ihr Gesicht blieb ausdruckslos. Nach einer Weile sagte sie: »Du weißt es so gut wie ich. Er hätte dich auch ins Gefängnis werfen können, Aristides. Er kann alles und tut es auch, wenn es sein Wille ist.«

Ich hatte keine Arbeit mehr, keine Sitzung zu besuchen, keinen Empfang auszurichten, keine Korrespondenz, keine Verhandlung zu führen, keine Telegramme zu bearbeiten, keine Telefonate zu erledigen, hatte keine Termine, keinen Plan, keine Aussicht auf einen neuen Posten.

Wovon sollte ich leben? Wovon die ausstehenden Rechnungen bezahlen, die Hypotheken auf das Haus abtragen? Wovon das Studium meiner Kinder, ihre Musik- und Sprachstunden finanzieren, ganz zu schweigen von den Kosten für Essen, Kleidung, Dienstboten und dergleichen? In unserem Haus in Cabanas saßen regelmäßig 30 Personen zu Tisch. Ich war ein hoch verschuldeter Mann, ich hatte nie genügend Geld, einerlei, wie viel ich verdiente. Es war von je her meine Schwäche, mehr auszugeben, als ich besaß. Ich gab es nicht nur für mich aus, ich weiß noch, wie ich aus eigener Tasche einer Gruppe von portugiesischen Rennfahrern in Bordeaux die Heimreise finanzierte, weil ihnen das Geld für die Rückfahrt fehlte. Unseren Familienbus ließ ich nach den Plänen meines

Sohnes fertigen, ohne auf die Kosten zu achten. Der Bau meiner Jesusstatue vor meinem Haus sprengte vollends den Rahmen. Nur unter Bedauern und auf Angelinas Einspruch hin verzichtete ich auf die kostspielige Treppe, die zur Jesusfigur führen sollte.

Ich schenkte und kaufte, ich dachte nie darüber nach, ob ich es mir leisten konnte oder nicht, ich tat, was mir wichtig war, brauchte schöne Dinge und Genuss, es gehörte zu meinem Leben. Meine Sorglosigkeit im Geldausgeben belastete mich nicht einmal, es würde sich schon irgendwie fügen, war meine Devise, es würde sich schon jemand finden, der mir zur Überbrückung finanzieller Engpässe Geld lieh, und dachte dabei insbesondere an meinen sparsamen und vernünftigen Bruder César. César hatte immer maßvoll gelebt, er besaß das kleinere Haus, seine Garderobe war weniger exquisit, sein ganzer Lebensstil nahm sich um einiges bescheidener aus als der meine. Er war natürlich nicht in der Lage, die Kosten für meine Familie und meinen gesamten Haushalt zu übernehmen. Wenn es ihm möglich gewesen wäre, hätte er es auf sich genommen. César hat mich niemals im Stich gelassen, mich immer in allen Belangen meines Lebens unterstützt. Ich muss an ein Foto aus unserer Studienzeit denken. Wir stehen in unseren Talaren nebeneinander. Césars schützende Hand liegt auf meiner linken Schulter.

Wie viele Gespräche hatten wir über meine Situation geführt.

»Man wirft mir Humanitätsduselei vor. Ist es falsch, wenn man Menschen rettet?«

»Nein, aber wo bist du jetzt gelandet? Du bist deines Amtes enthoben.«

»Es ist unrecht!«

»Das ist deine Sicht der Dinge. Du hast die Befehle Salazars verweigert, und Pässe gefälscht.«

»Ich habe den Flüchtlingen gegenüber eine persönliche und eine berufliche Verantwortung. Worin besteht denn mein Vergehen? Ich habe Menschen geholfen, den Nazis zu entkommen. Warum macht mich das zum Delinquenten, warum?«

»Du weißt genau, warum, die Behörde hat es dir erörtert.«

»Herr Gott noch mal. Warum handelte ich so und nicht anders? Weil ich es für richtig hielt, weil es getan werden musste. Glaubst du, es ist mir leicht gefallen? Es war die schwierigste Aufgabe meines ganzen Lebens. Man darf nicht alles respektieren, was man respektieren soll. Ich konnte nicht anders, es war meine menschliche Pflicht, diese Menschen zu retten. Ich verstehe nicht, was das bezwecken soll, mich aus dem Dienst zu katapultieren, ich habe niemandem Schaden zugefügt, im Gegenteil, es ist Salazar, der Schaden anrichtet. Jeder Mensch, den Portugal nicht aufnimmt, steht mit einem Bein im Grab. Ungerechtigkeiten und Verbrechen, auch wenn sie von der Regierung legalisiert werden, bleiben Ungerechtigkeiten und Verbrechen. Salazar forderte meinen Beamtengehorsam. Ich musste mir in dieser Situation selbst gehorchen, ich handelte richtig, auch wenn andere vom Gegenteil überzeugt sind. Ich konnte nicht unschuldige Menschen der Lebensgefahr aussetzen. Im Namen der verfolgten Menschen fordere ich Gerechtigkeit, und mein Urteil muss annulliert werden.«

»Du führst dich auf wie ein Mann, dem bitterstes Unrecht zugestoßen ist. Du hast Probleme, die Realität zu erkennen.«

»Ich? Ich habe Probleme damit?«

»Salazars Motive sind klar. Du hast seine Politik durchkreuzt und Flüchtlinge ins Land gelassen, die er nicht haben will. Er will keine Armen und keine Spione und keine Kommunisten im Land, jüdisch oder nicht jüdisch, er will keine Masseneinwanderung in Portugal, schon gar nicht unkontrolliert. Salazar verurteilt deine Visavergabe als einen Affront gegen die Staatsraison, du hast dich seinem Befehl widersetzt, das bringt ihn gegen dich auf. Seine Untergebenen haben zu gehorchen.

Weißt du es denn nicht? Er hat schon mehrere Köpfe rollen lassen, auch der Konsul von Luxemburg hat seinen Posten verloren, weil er ohne Genehmigung Visa an einige Juden erteilt hat, und dann ist da Simões, der portugiesische Botschafter von Berlin, er hatte beantragt, aus familiären Gründen, so jedenfalls sagte er, nach Lissabon zurückzukehren. Er erhielt diese Erlaubnis nicht, fuhr dennoch nach Lissabon, weil er annahm, Salazar von seiner notwendigen Rückreise überzeugen zu können. Simões ist nicht empfangen worden und hat nie mehr einen Auslandsposten erhalten. Mein Gott, Aristides, auch mich hat er ja damals einfach abgesetzt. Wenn ich nur daran denke, gerate ich in Zorn. Noch heute gibt es in Portugal zu wenig Schulen, um die vier Pflichtschuljahre umzusetzen. Nur vier Jahre und keine Schulen! Aber was nützt mein Ärger? Salazar hat mich abserviert. Ich kann froh sein, als Konsul weiterarbeiten zu können.«

»Aber …«

»Hör mir zu: Nur eine gerichtliche Entscheidung zu deinen Gunsten kann dir helfen. Ohne Anwalt wirst du nichts ausrichten, nimm dir einen sehr guten Anwalt und lege Berufung ein.«

»Wer bin ich denn eigentlich und was? Ein Mann, der nur zu gehorchen hat, von Berufs wegen zu gehorchen hat, zum Schutz des Staates und der Gesetze, ohne das eigene Hirn zu benutzen? Bin ich das? Bin ich nur ein Zugochse Salazars? Ich habe es satt, mir reicht es, wann ist endlich Schluss damit? Ich bin im Recht!«

Ich hätte bestimmt noch länger geredet, wenn César mir nicht die Hand auf die Schulter gelegt hätte.

»Mich brauchst du nicht zu überzeugen. Auch ich habe in Warschau heimlich Flüchtlingen geholfen, auch ich habe Bilder im Kopf, die ich nicht vergessen kann. – Die deutschen Soldaten machten mit den Juden, was sie wollten. Sie schnitten den Rabbis die Bärte ab, zwangen Frauen und Männer zu schreien, sie seien jüdische Schweine, dreckige Juden, Untermenschen, zwangen sie, vor ihren Augen zu urinieren und auf die Knie zu fallen und um ihr Leben zu flehen. Niemand hinderte die Deutschen, Juden zu misshandeln oder zu ermorden. Die Juden waren vogelfrei. – Ich half nur einigen Juden. Meinen Posten habe ich nicht aufs Spiel gesetzt. Andere Konsuln handelten ähnlich.«

Ich wollte meinen Bruder meine Gereiztheit nicht hören lassen, trotzdem kroch Empörung in meine Stimme, als ich sagte:

»Ja, ja, du warst immer schon der Vernünftigere, der Abwägende. Wirfst auch du mir jetzt Naivität vor? Ich habe drei Tage und drei Nächte mit mir gerungen. Meine Entscheidung hieß, alle zu retten. Alle! Und es war richtig. Im Namen alles Vernünftigen, es war richtig.«

César sah mich streng an: »Ich werde nach Südamerika gehen. Aristides, tu, was ich dir rate, nimm dir den besten Anwalt. Salazar kann dich zerschmettern, wenn er will.«

Ich beauftragte einen Anwalt, der einen sehr guten Ruf hatte und der Regierung kritisch gegenüber stand. Seine Kanzlei war so angesehen, dass er nur noch die wichtigsten und schwierigsten Fälle übernahm.

Es folgte ein ähnliches Gespräch, wie ich es schon mit meinem Bruder geführt hatte.

»Es gibt Augenblicke des inneren Aufruhrs, wo einem das Herz sagt, welches der einzig richtige Weg ist.«

Er unterbrach mich.

»Bei allem Respekt, Senhor Mendes, ich bin Jurist und kein Beichtvater, wir sind hier nicht zusammengekommen, um über ihr Gewissen und ihr Mitgefühl zu reden, sondern müssen uns an die Fakten halten. Es gilt, Salazar umzustimmen, und das wird nicht leicht werden, weder politisch noch persönlich. Wir leben in einem Land, in dem das Recht, euphemistisch gesprochen, sehr einseitig ausgelegt wird. Und eines kommt hinzu: Salazar fühlt sich gedemütigt, Sie haben seine Macht untergraben, haben gewagt, seinen Sockel anzusägen. Nun will er an Ihnen ein Exempel statuieren. Das ist die Lage.

Alles, was ich jetzt sage, wird unter uns bleiben. Mein Büro wird nicht abgehört. Also, unter vier Augen werde ich Ihnen erklären, mit wem wir es zu tun haben, gegen wen Sie zu Felde ziehen. Salazar ist ein überheblicher, egozentrischer, geiziger, herrschsüchtiger, brutaler, rücksichtsloser, bösartiger, gefühlskalter, menschenscheuer Wohnzimmerdiktator, der nichts anderes wünscht als Macht. Zu Gott und der katholischen Kirche hat er die gleiche Einstellung wie Hitler zu seinem Volk. Hitler macht aus dem Volk einen Haufen von fanatischen Juden- und Kommunistenhassern. Er benutzt das Volk. Es geht allein um die Festigung und den Ausbau seiner Macht.

Es geht um Macht. Salazar ist machtbesessen, er ist ein Eisklotz, den kaum etwas zum Schmelzen bringen kann. Das ist die Situation. Es hat also keinen Sinn, humanitäre Luftschlösser zu bauen und sich in einer Traumwelt des Verständnisses zu wähnen. Gerechtigkeit dürfen Sie bei mir nicht suchen. Ich kann Sie lediglich vertreten, so gut es geht. Ich werde alles tun, was in meinen Möglichkeiten steht. Es ist nicht nur ein berufliches Interesse, es sind auch andere Motive, die ich Ihnen nicht erklären muss. Ich bin empört über die Zustände in diesem Land. Ich stehe voll und ganz auf Ihrer Seite.

Wir müssen sehr gute Argumente und Formulierungen finden, die Salazar aufweichen und die Schnürsenkel seiner Stiefel lockern, vor allem das Gericht überzeugen. Aber wer ist in diesem Lande das Gericht? Wer? Das Recht wird vergewaltigt, Richtersprüche manipuliert. So sieht es aus. Trotz allem werde ich nichts unversucht lassen. Ich werde Ihnen den Antrag auf Berufung für das Verwaltungsgericht formulieren. Einverstanden? Ich rufe Sie an, wenn der Text fertig ist. Wir gehen das Schreiben dann noch einmal gemeinsam durch. Und wenn es keine Einwände mehr gibt, schicken wir es ab.«

*

Andrée hielt sich immer noch in Ribérac auf. Sie fehlte mir. Manchmal übermannte mich die Traurigkeit, und ich drohte unter der Last, die mich niederdrückte, zusammenzubrechen. Einige Male war ich zum Rossio-Bahnhof gelaufen, zu den Gleisen am oberen Bahnsteig, dorthin, wo der Südexpress Richtung Paris fuhr, und blickte dem abfahrenden Zug nach, in den ich nicht einsteigen durfte.

So oft wie möglich rief ich Andrée an, meist vom Postamt aus. Ich bin in der Telefonzelle, du fehlst mir so sehr, ich muss einfach wissen, wie es dir geht ... Ich hatte plötzlich Angst, sie würde nicht zurückkehren. Ich erkundigte mich nach dem Kind, das mir so häufig Schuldgefühle bereitete, da ich es manchmal vergaß, als würde es nicht existieren. Es verschwand einfach hinter den Sorgen, die mir der Prozess und seine Auswirkungen machten.

Ich wartete auf die Entscheidung des Verwaltungsgerichtes, ohne meine von Salazar versprochenen halbierten Bezüge erhalten zu haben. Ich wusste nicht mehr, wovon ich leben und meine Familie ernähren sollte. Mir blieb nur, ein Telegramm an Salazar zu senden mit der dringenden Bitte, mir mein Gehalt zu überweisen. – Ich erhielt keine Antwort. Warum schwieg er? Erwartete er von mir, mich vor ihm auf die Knie zu werfen?

Angelina sagte kraftlos. »Wie lange sollen wir noch warten, und hat es überhaupt einen Sinn?«

Angelina vermutete in Salazars Verhalten einen privaten Racheakt gegen mich, weil er aus ärmlichen Verhältnissen kam, während ich aus einer reichen Adelsfamilie stammte. Salazar wohnte im Nachbardorf Vimieiro. Sein Vater war Landarbeiter. Später hatte er einen kleinen Pachthof übernehmen können. Salazars Mutter sparte jeden Escudo für das Schulgeld, um ihrem Sohn zu ermöglichen, Priester zu werden. Die katholische Kirche finanzierte ihm schließlich ein Studium der Ökonomie und Finanzwissenschaften an der Katholischen Universität Coimbra, dort, wo auch César und ich Jura studiert hatten. Wir hatten unser Studium gerade beendet, als Salazar es begann. Wir hatten in der Kindheit und Jugend keinen Kontakt zu ihm, er jedoch musste die in der Region überall geachtete Dynastie Mendes schon als Junge gekannt haben.

»Wusstest du«, sagte Angelina, »dass er einmal verliebt war in eine Gutsherrentochter? Der Vater des Mädchens hat ihn fortgejagt, weil er nur Sohn eines Verwalters war. So etwas vergisst man nicht. Er ist Junggeselle und allein, Aristides, du hast Frau und Kinder, er hat nichts, er lebt wie ein einsamer Wolf in seinem Palastkäfig, du weißt, alle nennen ihn den ›Einsamen von São Bento‹. Er geht nirgendwo hin, nicht zu Paraden, nicht zu Staatsempfängen, er hält kaum Reden. Er kann es nicht, er ist schüchtern und ängstlich wie ein kleiner Junge. Du bist für ihn das Gegenteil, du bist der wortgewandte, selbstbewusste, reiselustige Konsul mit Frau und Kindern, nicht nur das, ich bin sicher, er verachtet dein Leben mit deinen ständigen Schulden, und deine Liebe zu Musik und Literatur ist ihm suspekt. Man erzählt, Salazar hätte noch nie in seinem Leben einen Roman gelesen. Seine Macht ist das Einzige, was ihn interessiert. Er verlangt von seinen Ministern und Staatsbeamten die gleiche Disziplin, nach der er lebt. Wie konntest du glauben, er würde gerade dir entgegenkommen. Merkst du es nicht? Er will dich bestrafen. Er weiß alles über dich, er beneidet und verflucht dich gleichzeitig.«

Ich errötete. Ich fragte mich plötzlich, ob Salazar … Ich war so naiv zu glauben, Andrée vor der Staatspolizei verheimlichen zu können. Nun bekam ich große Zweifel.

»Ich mache dir keinen Vorwurf, Aristides, du weißt, deine Entscheidung ist auch die meine. Wir könnten uns selbst nicht mehr in die Augen schauen, wenn wir den Menschen nicht geholfen hätten. Aber das macht mich nicht blind für die Konsequenzen. Es kommt mir manchmal vor, als würdest du träumen.«

*

Ich hatte zu lange im Ausland gelebt, um gute Beziehungen und enge Freunde in Lissabon zu haben. Die Freunde, die ich gewann, fand ich unter den Flüchtlingen und ihren Helfern. Die Jüdische Gemeinde in der Stadt half mir mit einem monatlichen Geldbetrag aus und lud meine ganze Familie ein, die Mahlzeiten in ihrer Gemeindekantine einzunehmen.

Wir schlichen uns in das Gebäude hinein. Mit verlegenen Mienen setzten wir uns in den Saal für die Flüchtlinge. Ein Mitarbeiter kam auf uns zu und bat uns, in den Raum, der für Portugiesen bestimmt war, zu wechseln.

»Wir sind auch Flüchtlinge«, sagte ich, und wir blieben sitzen.

Dicht gedrängt hockten wir auf den langen Holzbänken. Die Scham über unsere Situation ließ unsere Köpfe niedersinken. Der geblümte Teller stand vor mir auf der schwarz-weiß gekachelten Tischplatte. Ich bemühte mich, die Bohnensuppe mit Würde zu löffeln, um meiner Familie ein Vorbild zu sein. Bei jedem Schlucken spürte ich den Widerstand in meiner Kehle. In mir stieg ein Groll hoch, der sich gegen die Brühe sperrte. Salazar hatte nichts anderes im Sinn, als mich zu demütigen.

Wir besuchten die Suppenküche nur ein einziges Mal. Angelina ertrug die Schmach nicht. Sie schickte von nun an unsere Hausdienerin Fernanda, um das Essen abzuholen.

*

Meine Gedanken rotierten. Ich überlegte die nächsten Schritte, dachte darüber nach, an wen ich mich wenden könnte, um aus dieser entwürdigenden Situation herauszukommen. Immer wieder spielte ich die vergangenen Ereignisse durch und überlegte. Einmal mehr streifte ich durch die Stadt, um nicht untätig herumzusitzen und düsteren Gedanken zu viel Raum zu geben. Ich hatte bereits die ganze Ober- und die Unterstadt durchquert; die Sorgen und Erinnerungen nahmen Besitz von mir, ich konnte es nicht verhindern, immer wieder drangen plötzlich aus der Tiefe meines Gedächtnisses die Tage von Bordeaux an die Oberfläche, all meine Empfindungen jener Tage kehrten mit den Bildern mit der gleichen Eindringlichkeit zurück, wieder und wieder sah ich die verzweifelten Menschen, sie folgten mir überallhin, ich konnte sie nicht vergessen, doch niemand sonst schien sich für sie zu interessieren, und ich, ich war dem, was kommen würde, ausgeliefert.

Verloren stand ich auf dem Praça do Coméricio herum, blickte auf die Fassaden der Ministerien, auf die Eingangstür des Verwaltungsgerichts. – Ich wartete. Worauf wartete ich eigentlich? Ich dachte an Angelinas Worte. Wusste mein Kopf nicht schon längst die Antwort? Salazar hatte mich zu einem Gefangenen in meinem eigenen Land gemacht. Ich verarmte und durfte Portugal nur noch mit polizeilicher Genehmigung verlassen. Was erwartete ich denn? Was? Ich stand einem hartherzigen gefühllosen Diktator gegenüber. Er hockte krähengesichtig in schwarzem Gefieder an seinem Schreibtisch und krächzte mit geschärftem Schnabel seine unerbittlichen Befehle in das Land hinaus.

Du bist ihm ausgeliefert, Mendes, tönte es in mir. Im Rückblick kommt es mir so vor, als hätte mich mein Gefühl damals schon gewarnt. Trugschluss, so war es nicht.

Ich beschleunigte meine Schritte. Mit aller Kraft verdrängte ich alle niederschmetternden Gedanken. Solange es kein endgültiges Urteil gab, konnte ich noch hoffen.

*

Ich besuchte den Diplomatenklub. Es roch stark nach Tabak, als hätte man lange nicht gelüftet. Überall standen und saßen kleine Gesprächgruppen herum. Einige Kollegen fläzten sich in den dunkelgrünen Chesterfieldsesseln, die einen mit ihren Zigarrenbalken im Mundwinkel, die anderen alkoholgerötet das Glas umklammernd. Ich versuchte, mich der einen oder anderen Runde anzuschließen, gierig nach ein paar Zeichen des Einverständnisses.

Die Atmosphäre bekam etwas Erstickendes, niemand beteiligte mich an der Unterhaltung, niemand richtete ein Wort an mich. Mancher war bemüht, das, was er wirklich dachte, hinter einer unlesbaren Mimik zu kaschieren. Einige Blicke streiften an mir vorüber, andere fixierten mich offen feindselig und stellten ihre Überheblichkeit zur Schau.

Die Kollegen waren schwer zu ertragen. Sie mieden mich, weil ein Kontakt zu mir ihnen schaden könnte. Niemand wollte bei der Staatsmacht in Misskredit geraten, auch die nicht, die meine Entscheidung vielleicht bewunderten. Sie sind nur mit ihrer Karriere und ihrer Selbstsucht beschäftigt, dachte ich plötzlich, sie kennen keine Courage, sie intrigieren für den nächst höheren Posten, sie sind es gewohnt, in der Öffentlichkeit zu lügen, sich selbst zu belügen, sie spielen sich selbst und den anderen etwas vor, ihre Doppelzüngigkeiten verschatten jegliche Wahrheit, sie haben Angst, sich selber zu begegnen und laufen fortwährend maskiert durchs Leben, damit sie sich nicht erkennen, es sind Menschenmarionetten, die an Schnüren hängend von ihren Vorgesetzten zum Tanzen gebracht werden, gleich werden sie betrunken sein, und später werden sie ein Bordell besuchen.

Ich stand verloren im blauen Dunst, der mich in einen Kokon hüllte. Mir war plötzlich bewusst, wie weit ich mich von den Kollegen entfernt hatte. Dennoch fühlte ich mich von ihrem ablehnenden Verhalten getroffen. Mich überkam eine Hilflosigkeit, der Groll beigemischt war. Am liebsten hätte ich ihr Verhalten und die Missachtung ignoriert – es gelang mir nicht. Es ist schwierig darüber zu sprechen, was im Innern in mir vorging und meiner äußeren Erscheinung so sehr widersprach.

Abrupt verließ ich den Klub, es geschah eher schwankend als sicheren Schrittes, ich taumelte, ohne es unterbinden zu können. Kaum war ich draußen, musste ich eine Weile die Augen schließen und mich an einem Laternenpfahl festhalten, bevor es mir gelang weiterzugehen.

Ich lief zum Hafen hinunter, nahm den Weg durch die alten Gassen. Ich verkroch mich in meinem Mantel in einer Stimmung zwischen Wut und Enttäuschung. Wozu strengte ich mich so an? Die Situation war klar und unerträglich. Wozu? Warum? Hatte es einen Sinn, mir noch mehr solcher Tage aufzubürden?

Meine Schultern berührten fast die Hausmauern, von denen der Putz abblätterte. Der Himmel zeigte sich nur durch einen Spalt zwischen den verrosteten

Dachrinnen. Abwassergestank umgab mich. Ich stieg eine halsbrecherische Treppe hinab mit Steinstufen, die nicht zueinander passten, mit unterschiedlichen Höhen und abgebrochene Kanten. Unsicher setzte ich einen Schritt vor den anderen, geriet ins Schwanken, all die Freunde und Kollegen im Kopf, die mich schnitten, die mir offen vorwarfen, ich hätte Schande über meine Familie gebracht und behaupteten, meine Entscheidung sei unüberlegt gewesen. Andere wählten die erstbesten Worte, die man in einer Krise bereithält, ich solle mich beruhigen, alles würde sich allmählich wieder einrenken.

Es war offensichtlich, sie meinten es nicht ernst. Am schlimmsten zu ertragen waren jene, die mir mit übertriebener Sympathie begegneten, um mich dann hinterrücks zu zerfleischen. Irgendwo habe ich einmal gelesen: Es gibt keine größeren Feinde als die, die auch Freunde sind.

Aus einem Gassenfenster lehnte eine alte Frau mit schwarzem Kopftuch. Sie grinste mich mit ihrem zahnlosen Mund und von Falten zerfurchten Gesicht an.

Selbst Familienmitglieder, dachte ich, ihre Namen sollen hier ungenannt bleiben, warfen mir vor, ich hätte durch mein »gedankenloses« Vorgehen in einer für Portugal politisch so schwierigen Zeit das Land belastet und Schmach über die ganze Familie gebracht.

Wo bleiben denn da der Anstand und die Zuverlässigkeit? Du kannst nicht einfach gegen die Regeln verstoßen. Es ist die Frage, ob ein Konsul von menschlichem wie beruflichem Standpunkt aus überhaupt das Recht zu solcher Entscheidung hat, noch dazu in einem so kritischen Moment für Portugal.

Ich begreife es nicht, es sind völlig fremde Menschen, mit denen du nicht nur Portugal belastest, sondern auch deine Familie in Gefahr gebracht hast.

Ich erkenne dich nicht wieder, Aristides. Du warst immer ein gewissenhafter Mann, der keine leichtfertigen Entschlüsse fällte. Dass man seine Familie schützt, ist das Mindeste.

Dein Gewissen ist dir zum Feind geworden, dein Mitgefühl hat großen Schaden angerichtet. Du hast dich von deinen Gefühlen beherrschen lassen. Du warst schwach, hast unbedacht und vorschnell agiert.

Wenn ich schwach war, wo sind dann die Menschen, die stark sind? Wo? Kein Mensch, der sich Mensch nennt, kann dabei zusehen, wie … Nein, und nochmals nein! Ich habe überlegt und konsequent gehandelt, und ich würde es wieder tun! Ich bin voller Fehler und Unzulänglichkeiten, aber in diesem Punkte habe ich richtig gehandelt.

So sehr meine Gedanken auch kreisten, immer wieder kam ich zu dem gleichen Schluss: Ich hätte es wieder getan. Es gelang mir trotzdem nicht, mich von den verachtenden Worten und Blicken freizumachen. Warum griff es mich so an? Es war widersinnig. Die wirklichen Katastrophen wüteten außerhalb des Klubs und der Familie. Krieg, Hunger, Elend, Tod hatten die Welt in eine Hölle verwandelt. Ich hatte versucht, das Leid einiger Menschen zu lindern.

Es dämmerte bereits. Aus einer Kneipe klangen Fado-gesänge. Ich blieb eine Weile stehen.

»Als Gott die Rosen schuf in einem verzauberten Paradies, fiel eine Blüte ab. Sie hatte den Fado geboren. An jenem Tag war es windstill, und der Gesang floss in den Mund eines Matrosen auf seinem Boot. Er sang von Küssen, von Abschied, von Wünschen und der Hoffnung auf eine Wiederkehr. Sein Gesang vereinte Himmel und Meer und gemeinsam sangen sie das traurige Lied bis in den frühen Morgen.«

Wie war es möglich, dass groteske Menschenverachtung die Welt bestimmte? Wie war es möglich, dass sie sich durchsetzen konnte? Die schrecklichen Bilder an der Grenze tauchten wieder vor meinen Augen auf.

Wie betäubt ging ich durch die Gassen. Es begann zu nieseln, ich bemerkte es erst, als ich durchnässt war, als meine Leinenschuhe klamm an meinen Füßen klebten. Ich lief an den schäbigen Häusern mit ihren abgeblätterten Fassaden und gebrochenen Fliesen entlang, die bei grauem Himmel noch unansehnlicher aussahen, lief weiter zum Hafen hinunter, über das feuchte

Kopfsteinpflaster, auf dem sich die Laternenlichter trübe spiegelten.

Am Kai saßen die Menschen auf Koffern und Kisten. Sie warteten auf ihre Einschiffung. Englische, griechische, norwegische und amerikanische Schiffe fuhren von Lissabon nach Übersee. All diese Schiffe, ob Passagierdampfer oder Kohlefrachter, waren nicht nur Schiffe, die kamen und gingen, es waren Schiffe, die Flüchtlinge transportierten.

Die Wellen des Tejo schwappten an die Kaimauer. Immer wieder klatschte das Wasser an die Mole. Wie viele Flüchtlinge hatten immer noch keinen Schiffsplatz bekommen? Es fuhren nur kleine Schiffe in die USA, die höchstens Tausend Menschen pro Monat befördern konnten. Warum schickte Amerika nicht größere Schiffe?

Eine Frau hockte abseits auf einem Koffer, den Kopf gebeugt, das Gesicht mit der Hand bedeckt. Sie weinte. Sie trug Pariser Schuhe und ich fragte auf Französisch, ob ich helfen könne. Sie schüttelte den Kopf.

Man hatte ihr das Schiffsticket gestohlen. Geld für ein neues besaß sie nicht mehr.

Ich fand keine tröstenden Worte, denn es gab keine. Ich nahm ihr Gepäck und lud sie ein, bei uns zu übernachten.

Schweigend gingen wir durch die Gassen Richtung Wohnung. Der Regen hatte zugenommen. Wir waren vollkommen durchnässt. »Hier ist es«, sagte ich. Wir betraten das Haus, stiegen die Treppe hinauf. Ich schloss die Wohnungstür auf, führte die Frau in den Flur. Dann rief ich Angelina, uns Handtücher zu bringen.

DIE FOTOGRAFIN

Ich habe viele Flüchtlinge und Bekannte in Lissabon getroffen, ich kann sie nicht alle erwähnen. Ich möchte nur einige wenige herausgreifen, die mich berührten oder mir neuen Elan gaben, weiterhin gegen Salazar aufzubegehren. Es waren Menschen, die mir mit ihrer Geschichte halfen, mich nicht geschlagen zu geben. Die Französin gehörte dazu.

»Ich war kurz davor, mich in den Tejo zu stürzen«, sagte sie. Sie senkte den Kopf, hob ihn wieder. »Ich habe meine Kamera für das Schiffsticket verkauft. Sie bedeutete mir alles. Nun habe ich nichts mehr.« Sie umklammerte die Tasse, trank von dem Tee, den Angelina ihr gekocht hatte. »Ich wollte mit der ›Serpa Pinto‹ fahren. Warum bin ich hinter den Schuppen gelaufen, warum? Menschen, die in Lebensgefahr sind, werden zu Hyänen. Ich habe es oft genug erlebt. Warum war ich so dumm? – Kann auch sein, dass mich Schwarzhändler überfallen haben, es ist vollkommen egal, das Schiffsticket ist geklaut und ich sitze fest, ohne irgendeine Perspektive. Ich habe kein Geld und keine Kamera mehr, ich bin eine Fotografin ohne Kamera, eine Jüdin kurz vor ihrer Ermordung. Bald werden die Deutschen da sein. Alles ist umsonst gewesen. Die ganzen Jahre im Exil, das ganze Elend.«

»Sie leben noch«, sagte ich, »Sie sind in Portugal, und die Deutschen sind noch nicht hier. Geben Sie die Hoffnung nicht auf. Ich gehe morgen mit Ihnen zur Jüdischen Gemeinde. Dort werden wir sehen, was möglich ist.«

Sie hieß Awa Silberstein. Sie war in Berlin geboren. Dort hatte sie mit ihrer Freundin zusammen ein gut gehendes Fotostudio betrieben.

»Wir hatten viele Aufträge und verkauften auch Fotos an die Zeitungen«, sagte sie. »Seit 1933 war meine Freundin plötzlich ›arisch‹ und ich ›jüdisch‹. Ich begann mich zu fragen, welche Zukunft mich in Deutschland erwartete. Als die Bücherverbrennungen stattfanden, als in den Zeitungen keine Fotos mehr von jüdischen Fotografen veröffentlicht werden durften, stand mein Entschluss fest zu emigrieren.

Ich verkaufte meinen Geschäftsanteil an meine Freundin, die einen Teil des Geldes für mich aufbewahrte, bis ich in Paris Fuß gefasst hatte. Den Rest versteckte ich, bevor ich zum Bahnhof aufbrach, zwischen Schuheinlagen und Schuhsohlen.

Ich saß im Zug nach Paris. Ich tat so selbstverständlich wie es mir möglich war, die Geldscheine unter den Füßen fühlend. Ich durfte mir keinerlei Unsicherheit oder Angst leisten. Das wäre der sichere Weg ins KZ gewesen. Ich versuchte mich zu beruhigen. Ich besaß einen gültigen Pass und den Sichtvermerk, der für jeden Ausreisenden Pflicht war. Und ich trug eine

Einladung zu einem Fotoseminar in der Tasche, die ein Kollege mir verschafft hatte.

Alles ging gut. Die Beamten kontrollierten nur meine Papiere und ließen mich ausreisen.

Ich mietete ein Zimmer in einer kleinen Pension. Dann kümmerte ich mich um meine Papiere und meldete mich bei der Pariser Polizeipräfektur. Ich erhielt eine vorläufige Aufenthaltserlaubnis, die ich wöchentlich neu beantragen musste. Eine Bleibegenehmigung bekam ich erst nach vielen Monaten. Eine dauerhafte Aufenthaltsgenehmigung hatte ich niemals erhalten.

Durch das Fotoseminar gelang mir der Kontakt zu französischen Kollegen. Ich arbeitete schwarz bei einem Fotografen, der das Postkartenmonopol in Paris innehatte. Ich schaffte es nur knapp, mich von der Fotografie zu ernähren. Mein mitgebrachtes Geld war lange aufgebraucht, Geld aus Deutschland traf nicht ein.

Ich bekam Kontakt zu einer Widerstandsgruppe, die nazifeindliche Flugblätter druckte und sie nach Deutschland schmuggelte. Ich half, wo ich konnte. Als der spanische Bürgerkrieg ausbrach, nahm ich an Pariser Demonstrationen gegen Franco teil. Wir forderten Flugzeuge und Kanonen für die Spanische Republik. Es war sehr riskant, denn allen geduldeten Emigranten war es verboten, sich politisch zu betätigen.« Sie trank von dem Tee. »Bei einer Demonstration hatten mich Polizisten festgenommen. Ich erhielt zum Glück nur eine Verwarnung, war aber seither als Ruhestörerin registriert. Ich stellte vorsichtshalber einen Antrag auf ein Einwanderungsvisum nach Amerika, das war 1936. Fotografenfreunde besorgten mir einen Bürgen, woraufhin ich ein Affidavit erhielt. Ich musste mit etwa fünf Jahren Wartezeit bis zur Einwanderungserlaubnis rechnen. Seit die Nürnberger Gesetze erlassen waren, wollten immer mehr Menschen aus Deutschland heraus; die Amerikaner ließen aber nur wenige Menschen pro Jahr ins Land.

Ich blieb also in Paris. Als der Krieg ausbrach, und alle Deutschen in Lagern inhaftiert werden sollten, tauchte ich unter. Niemals wäre ich freiwillig in ein Lager gegangen. Als die Deutschen vor der Stadt standen und halb Paris flüchtete, nutzte ich das Chaos, um aus der Stadt herauszukommen. Ein Freund gab mir sein Fahrrad. Ich schloss mich dem Flüchtlingstreck Richtung Süden an. Als mein Fahrrad seinen Geist aufgab, ging ich mit Rucksack zu Fuß weiter. Später fand ich eine Familie, die mich auf ihrem Transporter mitnahm.«

Awas Hand zitterte, sie stellte die Tasse zurück, sie schepperte auf die Untertasse. »Bomben fielen auf uns herab. – Ich sah zerfetzte Menschen und Leichenteile, hörte die Schreie der Kinder, Frauen, Männer. Du musst fotografieren, hatte ich mir befohlen. Du darfst an nichts anderes denken, als die Kamera auf das Grauen zu halten und abzudrücken. Ich fotografierte die Leichen, ich fotografierte, wie ihre Angehörigen eilig Gräber für sie schaufelten, ich fotografierte in die Gräben hinein, fotografierte brennende oder eingeäscherte Häuser und Tierkadaver. Klick, klick, klick, der Auslöser stand nicht mehr still. –

Eines Tages werde ich diese Fotos veröffentlichen. Ich selbst werde sie nie wieder ansehen, nie wieder. Ich wünschte, ich könnte sie in mir vernichten; es ist unmöglich, ich vergesse niemals auch nur ein einziges Bild. Diese haben sich in mir eingegraben wie eine unheilbare Krankheit.«

Sie schwieg eine Weile. Ich wagte nicht, sie zu unterbrechen.

»Ich kam dann mit dem Treck nach Bordeaux und stand schließlich vor dem Konsulat. Es hieß, der Konsul stelle allen ein Visum aus. Ein Rabbi sammelte meinen Pass ein. Ich erhielt ihn dann wenig später zurück.«

Ich lächelte. »Ich bin der Konsul von Bordeaux.«

»Sie? Sie sind der Konsul von Bordeaux?«

Dann erzählte ich ihr meine Geschichte.

Am nächsten Morgen gab ich ihr mein letztes Bargeld und Kopfschmerztabletten. Sie bedankte sich, kramte in ihrem Wäschebeutel und zog ein Päckchen heraus. »Es sind die Filmrollen, die meine Flucht dokumentieren. Ich weiß nicht, wie es mit mir weitergeht. Nehmen Sie sie bitte, bewahren Sie sie auf, sie dürfen nicht verloren gehen.«

Ich gab die Filme Angelina, um sie zu verstecken. Dann machten wir uns auf den Weg.

Awa Silberstein hatte von der Jüdischen Gemeinde Hilfe erhalten. Sie konnte auf einem Schiff mitfahren, das von der Hilfsorganisation gechartert worden war, um 800 Flüchtlinge außer Landes zu bringen. Ich sah sie kurz vor der Abfahrt noch einmal wieder. Sie holte die Filmrollen ab.

Sie drückte meine Hand. »Wenn es noch irgendeine Gerechtigkeit auf der Welt gibt, müssen Sie den Prozess gewinnen!«

*

Ich kam zur Tür herein. »Jemand hat für Sie angerufen«, sagte Fernanda, »es war eine Frau, eine Französin, sie wollte nicht sagen, warum sie anrief. Als ich nach ihrem Namen fragte, legte sie auf.«

»Es wird wohl die Fotografin gewesen sein«, antwortete ich in ruhigem Ton.

»Wo ist meine Frau?« fragte ich.

»Sie hat sich hingelegt. Die Hitze macht ihr zu schaffen.«

Ich setzte meinen Hut wieder auf. »Ich hab noch was vergessen«, sagte ich, »ich muss noch mal weg.«

Ich fuhr sofort zum Postamt, um Andrée anzurufen. Es konnte nur Andrée gewesen sein. Warum rief sie bei mir zu Hause an? Es musste etwas passiert sein.

Ich ließ mich nach Ribérac verbinden. Es klappte sogleich.

Ich erreichte nur ihre Schwester. Andrée sei schon in Lissabon, sagte sie. Ich erkundigte mich nach dem Kind. »Die Kleine ist wohlauf. Andrée wird erzählen.«

Ich hörte es Klicken. Danach Besetztzeichen. Die Verbindung war zusammengebrochen.

Ich schwankte zwischen Freude und Empörung über Andrées häuslichen Anruf und ihre unangekündigte Ankunft, die mich in Schwierigkeiten brachte. Ich rief Andrée in ihrer Bleibe in Lissabon an.

»Warum hast du mich angerufen?«

»Ich hatte Sehnsucht. Ich wollte dir irgendwie sagen, dass ich hier bin.«

»Es war ausgemacht ...«

»Herrgott, ich hab ja meinen Namen nicht genannt. Freust du dich denn gar nicht?«

Ich fuhr sofort zu ihr. Ich glaubte an Gott, ich empfing die Sakramente, ich befolgte die Gebote, bis auf das sechste.

Ich traf mich weiterhin regelmäßig mit Andrée. Ihre kleine Wohnung konnte ich nicht mehr finanzieren. Ich besorgte uns ein diskretes Zimmer, in dem sie wohnen und wir uns sehen konnten. Was ich von diesem ärmlichen Zimmer in Erinnerung behalten habe, sind der durchdringende Geruch von Naphtalin und das Kreuz an der Wand über dem Bett.

Andrée pendelte als »Touristin« zwischen Ribérac und Lissabon hin und her. Sie schlug sich in beiden Städten als Klavierlehrerin an einer Musikschule durch. Die Sommermonate verbrachte sie in Ribérac, da ich in diesen Wochen mit der Familie in Cabanas wohnte. So hatte es sich eingespielt. Und immer fehlte sie mir, immer erwartete ich sie mit großer Sehnsucht und Verlangen, immer freute ich mich, wenn sie wieder in Lissabon war.

Manchmal wagten wir, am Abend in den Parkanlagen der Avenida da Liberdade zu sitzen. Solange das Wetter schön war, hatten die Cafés bis zur Parkmitte Stühle und Tische aufgestellt und bunte Lampengirlanden von Baum zu Baum gehängt. Ich war angespannt, immer unruhig und auf der Hut, womöglich meine Kinder hier zu treffen, die aus dem Kino kamen, oder andere Bekannte, die einen Theaterbesuch mit einem Glas Wein abschließen wollten.

Meist wählten wir verschwiegene Orte, um für uns zu sein. Mehr will ich darüber nicht sagen. Manches Mal überkam mich das Bedürfnis, mit Pater Gregorius, der mir in Lissabon ans Herz gewachsen war, zu sprechen, und ihm alles anzuvertrauen. Mein Versuch, mein Geheimleben mit den religiösen Geboten in Einklang zu bringen, scheiterte. Dreimal war ich bereits auf dem Weg zur Sakristei gewesen, immer wieder kehrte ich um.

ENDZEIT

Es war heiß an jenem Tag. Die Wohnung hatte sich aufgeheizt, obwohl alle Fensterläden geschlossen waren. Ich hatte gerade mein schweißnasses Hemd gewechselt und stand, um der stickigen Luft zu entkommen, direkt am Ventilator, als Angelina die Post brachte. Es war ein Brief vom Verwaltungsgericht. Seit acht Monaten hatte ich auf diesen Brief gewartet, acht Monate verbrachte ich in Ungewissheit.

Ich riss sofort den Umschlag auf. Der Briefbogen flatterte im Luftzug des Ventilators.

Ich überflog das Schreiben:

... Sie sind als Beamter nicht befugt, Befehle anzuzweifeln, es ist Ihre Pflicht, ihnen zu gehorchen.
Berufungsantrag abgelehnt.

Für eine Sekunde verstand ich nicht. Dann, als die Bedeutung der Wörter in mein Bewusstsein sickerten, stand die Zeit plötzlich still. Ich stand reglos da, ich wusste nicht, wie lange. Das Urteil war gefällt. Es war rechtskräftig. Wie in einer Halluzination sah ich Salazar grinsend an seinem Schreibtisch sitzen. Eine Welle von Hass warf mich um. Meine Stimme explodierte. Ich schrie mir meine Entrüstung aus dem Leib:

»Salazar verlangt Pflichterfüllung auf Kosten von Menschenleben! Als ob man die Pflicht hätte, einen Menschen, den man ins Wasser fallen sieht, nicht zu retten, sondern ihn untergehen zu lassen. Ist Befehlsverweigerung ein größeres Verbrechen als unterlassene Hilfeleistung? Verflucht sei Salazar!«

»Wir sind vernichtet. Es ist das Aus«, sagte Angelina. Ihr stiegen Tränen in die Augen, Tränen der Bestürzung und der Erschöpfung, so lange gewartet und gelitten zu haben, ohne jegliche Aussicht auf Besserung der Lebenssituation. »Du wirst nie mehr rehabilitiert, nie mehr Konsul sein, nie mehr in den Staatsdienst kommen, unsere Kinder ebenso wenig. Wir sind am Ende, Aristides.«

Ich erfasste die schreckliche Bedrohung, die von diesem Urteil ausging, sah der unausweichlichen Realität ins Gesicht. Mit diesem Urteil und seinen Folgen würde ich nun leben müssen, es war unwiderruflich, unumkehrbar, endgültig. Ich fühlte mich, als könne ich in meinem Leben keinen einzigen Schritt mehr tun, dazu verdammt, auf der Stelle zu stehen. Mein Untergang war besiegelt, mein Ansehen zerfetzt. Ein unkontrolliertes Zucken durchfuhr meine Glieder.

Ich steckte das Urteil in einen Spalt des Ventilators. Kurzschluss.

Mit geballten Fäusten stand ich im Zimmer, wühlte mich mehr und mehr in einen hartnäckigen Trotz hinein. Ich war einem Gegner wie Salazar nicht gewachsen und hatte das Duell verloren, ich ließ diese Gewissheit jedoch nicht an mich heran. Etwas in mir war stärker als jegliche Vernunft. Mehr als deutlich erkannte ich, dass ich nicht aufhören würde zu kämpfen.

Angelina zog sich zunehmend zurück. Ihr ganzes Wesen war noch in sich gekehrter als gewohnt. Sobald der Name Salazar fiel, gab sie vor, sie litte an Kopfschmerzen, müsse etwas Luft schöpfen und verließ das Zimmer. Das, was sie nicht sagte, spiegelte sich allein auf ihrem Gesicht wider.

*

Ich war gefangen in meinem eigenen Schicksal und ein Gefangener im eigenen Land. Immer wieder suchte ich das Außenministerium auf. Ich betrat den Palacio das Necessidades. Stundenlang wartete ich in den Vorzimmern hoher Beamter.

»Ich denke nicht, dass Sie schwerhörig sind«, sagte der Sekretär, »Sie werden nicht empfangen, verlassen Sie bitte das Amt. Sie warten umsonst.«

Ich kann jetzt nicht fortgehen, ich kann es nicht, sagte ich zu mir selbst. Das würde den Sieg der Niederträchtigkeit bedeuten. Ich stand vor verschlossener Tür, starrte unbeweglich auf den Knauf, spürte, wie ich erblasste, und plötzlich Hitze in mein Gesicht schoss. Es war eine Mischung aus Wut, Schamesröte und Verletztheit. Ich biss die Zähne zusammen, bis mein Kiefer vor Schmerzen zu pochen begann.

»Das ist unerhört!«, rief ich. »Das gehört sich nicht!«

Ich stand außer mir und trotzdem hilflos im Vor-
zimmer. Man beachtete mich nicht mehr. Sousa Mendes war zu einem Phantom geworden.

Seither hatte ich immer wieder Salazar-Träume: Salazar steht an meinem Bett. Ich bemühe mich, ihm klar-
zumachen, dass es für ihn keinen Vorteil bringe, mich
zu vernichten, sondern es seinem Ansehen eher schade.
Ich versuche zu beweisen, was ich geleistet habe für
die Menschen, für das Land. Mein Reden wird jäh
unterbrochen von Salazars langem, lautem, bösarti-
gem Gelächter, von dem ich schweißgebadet aufwache.

Einmal träumte ich von einem Treffen in seinem Büro. Ich rede und rede, um mich zu erklären.
Am Ende des Traums verwandele ich mich in einen
winselnden Hund, den Salazar mit einem Fußtritt hin-
ausbefördert.

Mancher glaubte, ich hätte mein Schicksal mit großer Würde und Ruhe getragen und wäre stets zuver-
sichtlich gewesen. Das stimmt nicht. Unter meinem
unbeschwerten Äußeren gärten Zerrüttung und Zer-
schlagenheit. Ich, ein Mann, der gern im Mittelpunkt
gestanden hatte, war nun offiziell zu einem Nichts
erklärt worden. Ich sollte verschwinden. Ich versuchte,
die Schmach zu ignorieren. Gib Salazar nicht noch
mehr Macht über dich, lass dich nicht erniedrigen, du
hast all deine Kraft aufgeboten, um das Richtige zu
tun, das ist es, was zählt. Kämpfe für Gerechtigkeit.
Kämpfe!

An die Stelle meines unermüdlichen Einsatzes trat nicht selten eine Trauer, die ich mit mir schleppte. Einer der Grundsteine meines Selbstvertrauens war brüchig geworden, seit ich zum »Verräter« des Landes gestempelt worden war. Mein Glaube und meine Rosenkranz-Gebete, die ich jeden Mittag sprach, halfen mir nicht. Solange ich mich unter Menschen befand, hatte ich ein gutmütiges und zuversichtliches Lächeln auf den Lippen, war ich allein, erstarb das Lächeln und ein dunkler Schleier fiel über mein Gesicht. So nahm ich es wahr. In vielen Nächten saß ich, den tauben Kopf in den Händen, mit dem Gedanken auf der Bettkante, dass es vor dem Elend der Welt kein Entrinnen gab.

*

Die deutsche Armee marschierte in Russland ein. Der Massenmord der Juden durch Erschießungen begann, während zur gleichen Zeit täglich große Transporte von Juden nach Polen stattfanden und sich die Beweise für Hitlers Befehl zum Bau von Gaskammern verdichteten. Hätte ich den Gehorsam gewählt, hätte ich mich hinter den Befehlen versteckt und mein Gewissen und meine Überzeugung missachtet, wäre ich zum Mittäter geworden.

Jeder, der wollte, konnte es schwarz auf weiß in den ausländischen Zeitungen lesen. Die Transporte von Juden nach Auschwitz hatten begonnen. Die

Nazis hatten die Juden aus ihren Wohnungen geworfen, ihnen ihren Besitz genommen, sie in Viehwagen gesperrt und verladen.

Hitler streute seinen vernichtenden Judenhass über ganz Europa. Nicht nur in Deutschland, in Österreich, in den Niederlanden, in Belgien, Polen, in der Tschechoslowakei, in Rumänien, Bulgarien, sondern auch in Frankreich jagten einheimische Beamte Juden aus ihren Häusern und transportierten sie ins Lager ab, auch im unbesetzten Teil Frankreichs. Marschall Pétain willigte ein, sie zusammenzuführen und in Lagern zu konzentrieren.

Die Deportationen begannen mit Razzien am frühen Morgen. Die französische Regierung tat nichts, um es zu verhindern. Französische Polizisten brachten die Juden zu den Viehwaggons Richtung Auschwitz. Wie überall hieß es zunächst, man würde die Männer zum »Arbeitseinsatz« in den Osten bringen. Als auch alte jüdische Menschen, als auch Frauen und Kinder jeden Alters Richtung Osten geschickt wurden, musste jedem klar gewesen sein, dass es nicht allein um Zwangsarbeit ging. Aber was nützt Wissen, wenn man es verdrängt. Mit vollkommener Blindheit hatten alle über das Sichtbare hinweggesehen.

Die einheimischen Behörden lieferten Tausende von Juden an Deutschland aus. Frankreich samt seiner Hauptstadt war nun offiziell »judenfrei«. Wenn die vielen Franzosen nicht gewesen wären, die Juden versteckt hatten, wären alle umgekommen.

Was sich in Frankreich abspielte, machte mich sprachlos. Doch wie sah es in anderen Ländern aus? Was geschah in Bulgarien, Rumänien, Ungarn, Jugoslawien, Griechenland, Holland, Polen mit den Juden? Auch hier halfen die einheimischen Regierungen samt ihrer Polizei und Gendarmerie, die Juden zusammenzutreiben und zu deportieren. Alle Länder hätten die Möglichkeit gehabt, ihre Mithilfe zu verweigern. Alle hätten die Gelegenheit gehabt, Juden zu retten. Dänemark hat es bewiesen. Dänemark hat die meisten der Juden im Land retten können.

Warum machten so wenige Gebrauch von ihren Möglichkeiten?

*

Ein alter, sehr guter Freund nahm heimlich Kontakt zu mir auf. Er war seit einiger Zeit in Lissabon. Unsere Wege, die wir eingeschlagen hatten, führten uns nicht mehr zusammen, ich hatte ihn seit Jahren nicht gesehen. Seinen Namen, seine Position und die Umstände, die ihn wieder nach Portugal führten, kann ich nicht preisgeben, ohne ihn in Gefahr zu bringen, sofern dieser Bericht noch zu Regierungszeiten Salazars in falsche Hände geraten sollte. Ich werde ihn im Folgenden Ramon nennen.

Ich machte mehrere verschlungene Runden, ich wagte nicht, den Park zu betreten, bis ich sicher war, nicht verfolgt zu werden. Ich saß fast eine halbe

Stunde auf der verabredeten sichtgeschützten Parkbank, glaubte schon, er würde nicht mehr kommen. Ich stellte mir viele Fragen, mutmaßte in die eine und in die andere Richtung, was ihn so vorsichtig agieren ließ. Schließlich erschien er auf dem Sandweg.

Ich erkannte ihn kaum wieder. Das war nicht mehr der Ramon von einst. Er war ein stattlicher, muskulöser Mann gewesen, er hatte etwas von einem Torero, auch was seine Kleidung betraf, die immer etwas zu extravagant war.

Jetzt stand er stark abgemagert, mit eingefallenen Wangen und in gekrümmter Haltung vor mir. Sein Gesicht strahlte etwas Gehetztes aus, unter dem sich tiefe Erschöpfung verbarg.

Er setzte sich neben mich. Wir umarmten uns.

»Ich musste dich einfach sehen«, sagte er. »Ich weiß alles über Bordeaux und deine Situation. Du hast das einzig Richtige getan.« Er zündete sich mit hektischen Bewegungen eine Zigarette an, zog kräftig daran.

»Was ist los mit dir, Ramon? Warum wolltest du mich treffen? Gibt es einen Grund?«

Seine Augen zuckten. »Ich muss etwas loswerden, Aristides, muss mit jemandem sprechen. Wem, wenn nicht dir könnte ich das anvertrauen.« Wieder sog er an der Zigarette, blies den Rauch in einem Stoß aus. »Ich habe einen großen Bogen geschlagen, um auf einem widerwärtigen Weg zu landen, ich habe alles falsch gemacht, habe getan, was die anderen von mir erwarteten und darüber jedes Maß und jeden Anstand verloren. Damit ist jetzt Schluss, Aristides. Viel zu spät habe ich mich aus Allem zurückgezogen.«

»Worum geht es? Was meinst du?«

Er aschte ab. Seine Augen verengten sich. »Du weißt von den Wolfram-Exporten?«

»Ja, aber nichts Genaues.«

Er sprach so, als müsste er schnell wieder fort. »Deutschland bezahlt die Ware mit Gold. Es ist geraubtes Gold. Die Gold- und Devisenreserven der Deutschen Reichsbank waren schon vor dem Krieg verbraucht. Das Raubgold stammt aus den Banken der besetzten Länder, und: Himmler raubte es den Juden. Nach dem, was ich erfahren habe, handelt es sich auch um Gold von Juden aus den Konzentrationslagern. Sie stehlen Eheringe, Schmuck, und …«, seine Augen flackerten, »sogar das Zahngold.« Es machte ihm Mühe weiterzusprechen. »Das Gold wird eingeschmolzen und gewaschen, um es für den Weltmarkt in geeignete Devisen umzuwandeln. Es sind die neutralen Länder Schweiz, Portugal, und auch Spanien, die daran beteiligt sind.«

Er ließ den Zigarettenstummel auf den Boden fallen und zermalmte ihn mit seinem Fuß. »Ohne dieses Gold hätte Deutschland kein Geld, den Krieg weiterzuführen! – Das Raubgold erreicht Lissabon über die Schweiz. Es wird ab der Genfer Grenze in regelmäßigen Touren in Lastwagenkolonnen mit Schweizer Fahnen am Rückspiegel über Südfrankreich und Spanien gebracht. Es ist durch deutsche Freibriefe geschützt, die Goldbarren sind umgeschmolzen und mit dem Eichzeichen der Schweizer Nationalbank versehen. Gleichzeitig lässt die Schweiz keinen einzigen Juden mehr ins Land. Es sind Zahlen im Umlauf: Die Schweizer haben seit Frühjahr 1942 über 100.000 Juden abgewiesen. Alle wissen von den Judendeportationen, die Eichmann begonnen hat, alle wissen es, und sie weisen die Menschen ab und finanzieren mit dem Gold der Juden Hitlers Krieg! Auch Salazar, auch die portugiesischen Politiker und Bankiers müssen wissen, woher das Gold stammt. Die Alliierten hatten Warnungen an die neutralen Länder ausgesprochen, geraubtes Vermögen anzunehmen. Alle wissen davon, alle. Ich bin mir vollkommen sicher. Und Salazar, Salazar verkündet, er will aus dem Krieg keinerlei Geschäft machen. Er ist ein Dreckskerl.

Ich könnte kotzen, die Verbrechen werden von der Schweiz, von Spanien und von Portugal unterstützt. Sie treiben Handel mit dem geraubten Gold der Juden.«

Mich fröstelte. »Es ist grauenhaft, was du erzählst. Das habe ich nicht gewusst.«

Ramon blickte zu Boden. »Am Schlimmsten ist: Ich war ein Rädchen dieses Handels. Wofür, Aristides, wofür? Alles, was ich tat, erweist sich als Kriegstreiberei und Beihilfe zum Mord aus Geldgier. Ich empfinde Ekel vor mir selbst. Ich bin für mein Leben gezeichnet. Ich werde mich niemals reinwaschen können.

Aber jetzt ist Schluss, verstehst du? Ich musste raus aus dieser Maschinerie. Es liegt allein in meiner Hand, dieses widerwärtige Leben aufzugeben und durch etwas anderes zu ersetzen.« Er wischte sich mit dem Taschentuch den Schweiß von der Stirn und zündete sich eine neue Zigarette an. »Es sind nicht nur die Neutralen. Alle ziehen Profit aus dem Krieg, auch Amerika. Henry Ford produziert in Köln Fahrzeuge für die deutsche Wehrmacht. Die Arbeiter werden ihm von den NS-Behörden zur Verfügung gestellt. Es sind die Sklavenarbeiter der Nazis! Ich könnte dir noch viele andere Firmen nennen, die mit den Nazis kooperieren.« Er schwieg, blickte vor sich hin und rauchte. »Warum empöre ich mich? Ich war Teil dieses Räderwerks. – Du hast es richtig gemacht, Aristides, du hast dich nicht vereinnahmen lassen.«

»Es war eine Entscheidung, gegen die ich nichts machen konnte. Vielleicht war es Gott, der mich führte.«

Ramon lachte bitter auf. »Gott? Komm mir nicht mit Gott. Es gibt keinen Gott. Wo sollte er sein? Wo? Du hast es dir allein zu verdanken! Gott, Gott, Religionen, Christentum, dahinter verbergen sich nichts als leere Hülsen. Unsere ganze christliche Religion basiert auf Judenhass. Und die Protestanten mit ihrem Luther sind die Schlimmsten. Es gibt keinen Gott, und die Religionen und Kirchen tragen nichts zur Befriedung der Welt bei, gar nichts! Christentum, Judentum, Islam, diese Religionen wollen seit Menschengedenken die Welt retten, und immer endet es mit Machtstreben und Morden, mit Blutbädern statt Weltverbesserung, mit Bestialität statt Erbarmen.«

Ich schwieg betroffen, legte meinen Arm um seine Schultern. »Komm im Sommer nach Cabanas, Ramon«, sagte ich. »Dann haben wir Zeit zu reden.«

»Es ist zu gefährlich. Ich bin zu gefährlich. Ich werde es dir nicht näher erläutern. Besser ist, du weißt nichts über mich und meine Pläne. Besser ist, wir werden uns nicht wiedersehen. Schon dieses Treffen war unvernünftig.« Sein Blick hellte sich auf. »Ich bin froh, dich gesehen zu haben. Es hat mir gut getan.« Er umarmte mich. »Gib nicht auf, Aristides! Verlass dich auf dich selbst und auf sonst niemanden«, sagte er, sprang mit einem Satz auf und verschwand.

Erst später, viel später, erfuhr ich, dass er in den Widerstand gegangen war und seine Spur sich in einem Gefängnis verloren hatte.

*

Jeder gescheiterte Versuch, meine Rehabilitation zu bewirken, machte mich wütender. Ich hatte von Anfang an eine Akte geführt, in der ich alle fertigen Briefe und ihre Durchschläge sammelte. Sie schwoll an, wie ein Buch, das am Strand nass geworden ist.

Ich musste es erreichen. Für die Flüchtlinge, für meine Familie, für mich, für die Gerechtigkeit. Ich war weiterhin ständig damit beschäftigt, Briefe zu formulieren und den richtigen Ton zu finden.

Berge von Briefbögen füllten meinen Papierkorb, lauter angefangene Blätter, die ich zerknüllte und wegwarf, bis ich endlich die geeignete Fassung gefunden zu haben glaubte. Die Flut von Briefen, die ich schrieb, überspülte das Gefühl einer Niederlage und ertränkte die Gewissheit zu scheitern, die sich immer stärker an die Oberfläche drängte.

Einige meiner Kinder hatten Portugal bereits verlassen, weil es im Land keine Zukunft mehr für sie gab. Die größten Sorgen machten wir uns um Carlos und Sebastião. Beide waren in den USA geboren. Sie hatten sich den amerikanischen Truppen angeschlossen und zogen als Soldaten nach England und Frankreich. Angelina zerbrach fast daran. Sie lebte lange Zeit mit Beruhigungsmitteln. Der Krieg nahm kein Ende, und unsere Söhne kämpften.

Ich litt an chronischer Schlaflosigkeit. Aufgestachelt und zugleich müde im Kopf blätterte ich in der Bibel, um ein Wort zu finden, das mich beruhigte. Seite für Seite suchte ich in den Versen, ich konnte mich nicht konzentrieren, mein Geist flatterte über die Buchstaben, ohne sie zu erfassen. Ich legte die Bibel beiseite, lag nur da mit Gedanken und Bildern, die in meinem Hirn tobten, starrte an die Zimmerdecke. Schließlich suchte ich Schutz im Gebet, kniete mich vor die Bettkante, hielt meinen Rosenkranz in den Händen, betastete seelenlos die Perlmuttperlen.

Mehr geschah nicht. So sehr ich mich auch bemühte. Ich legte mich wieder ins Bett, verwirrt und verstört über mich und die Geschehnisse in der Welt.

Nach einer jener durchwachten Nächte hörte ich die morgendlichen Geräusche, das Kreischen und Klingeln der ersten Straßenbahnen, Rufe von Arbeitern, die zum Frühdienst unterwegs waren. Ich stand auf, wusch mich, zog mich an, verließ leise die Wohnung, trat auf die Straße und ging meinen gewohnten Gang zum Rossio, der gerade erwachte. Die Türen der Cafés öffneten sich, Kellner wischten die Tische und rückten die Stühle. Wie in Trance schritt ich an ihnen vorüber. Die schrecklichen Nachrichten, die ich die ganze Nacht im Kopf wälzte, verfolgten mich weiter. Die Deutschen hatten in Polen die grässlichsten Massenmorde an Juden begangen. Der englische Innenminister Morrison sagte in Radio London: »Ich weiß von furchtbaren Dingen.« Chamberlain mahnte: »Wir müssen den Krieg bis zum Herbst beenden.«

In »The New Commonwealth Quarterly« las ich einen Artikel, in dem von Millionen ermordeten Juden die Rede war.

Auch Salazar schien informiert. Er lockerte seine antijüdischen Bestimmungen und erlaubte nun den portugiesischen Juden, nach Portugal einzureisen. Und was geschah mit den anderen Juden? Was? Warum durften sie nicht leben? Ich dachte an die tausend Kinder aus Frankreich, die Baruel, ein Flucht-helfer der Jüdischen Gemeinde, ein Jahr zuvor nach Portugal zu holen versuchte. Er hatte der PVDE einen Brief geschrieben und gebeten, sie aufzunehmen. Die Staatspolizei fühlte sich nicht verantwortlich und ver-wies als zuständige Autorität auf Salazar. Baruel hatte mir den Brief gezeigt. Die Behörde schrieb, Portugal befände sich nicht im Krieg. Als neutrales Land müsse man sich nicht um die Auswirkungen der Kriegsaus-einandersetzungen kümmern und Opfer der Nazis aufnehmen.

Wo sind diese Kinder jetzt? Wo?

Ich hatte plötzlich das bleiche Kindergesicht mei-ner toten Tochter vor Augen. Sah, wie sie dalag, sah und fühlte, wie ich ihr einen Kuss auf ihre kühle Stirn tupfte. Das Herz gefror mir. Sie hatte im Bett gele-gen, war an einer Krankheit gestorben, umsorgt von der Familie. Und die jüdischen Kinder, was erwartete sie? Sie würden ermordet werden. Sie erwartete Qual und Tod verursacht durch Menschenwillen und Men-schenhand.

Ein Zeitungsjunge begann zu schreien: Diario, Dia-rio. Die heiseren Rufe des Jungen und das Tosen der Avenida schwollen immer stärker an. Ich flüchtete in eines der Cafés und bestellte drei Kaffee mit Brandy hintereinander. Mein Kopf glühte, während es mir eis-kalt über den Rücken lief.

*

Ich las von Stefan Zweig und seinem Selbstmord im brasilianischen Exil. In seinem Abschiedsbrief erklärte er, er halte den Wiederaufbau Europas für unmöglich und ziehe es deshalb vor, aus dem Leben zu gehen. Sein Tod traf mich tief und führte mir meine eigene Stimmung vor Augen, auch wenn mein Glaube, der mich trotz aller Krisen nicht verließ, mich vor jeglichen Selbstmordgedanken schützte.

Es gab Gottesdienste, in denen ich gedanklich abwesend, weit entfernt war, in denen mir am Ende des Credos ein »Amen« schwer fiel. Der Gedanke, Gott könnte nicht existieren, überfiel mich jedoch nie. Für mich klopfte Gott an alle Türen, aber alle diese Türen blieben verschlossen, auch die der Kirchen. Wo war noch der Bezug zwischen dem wahren Glauben und den Orten, an denen er praktiziert werden sollte, den Häusern Gottes mit ihren Vertretern.

Es gab Tage, an denen mich innere Leere und Verzweiflung übermannten. Manchmal hüllte ich mich in Schweigen, jegliche Hoffnung und Auflehnung waren in eine bleierne Müdigkeit übergegangen. Ich lebte nach innen gewandt, blieb mit meinen Gedanken allein. Sie drangen nicht nach außen. Dann wieder war ich manisch erregt, ich folgte Angelina auf Schritt und Tritt, hörte nicht auf zu reden, die Worte rauschten wie ein nicht aufzuhaltender Wasserfall aus meinem Mund, mit jedem Satz, der heraussprudelte, verstärkte sich die Unbegreiflichkeit dessen, was geschah, und meine Empörung darüber. »Wie sollen wir nach dem, was Tag für Tag geschieht, vor unseren Kindern bestehen, was sollen sie von uns denken, wenn wir ihnen eine Welt des Irrsinns und unvorstellbarer Gräuel hinterlassen haben … «, ich fand kein Ende.

Angelina flüchtete ins Schlafzimmer. Erst nach Stunden kam sie wieder heraus. Sie öffnete die Tür, schritt auf mich zu, stellte sich neben mich, nahm meine Hand und hielt sie in der ihren. Ich war wie betäubt, ich kann nicht sagen, wie lange wir dort standen, waren es Minuten, war es eine Stunde, ich hatte jegliches Zeitgefühl verloren.

An einem solchen Tag, es war ein Sonntag, gingen wir am Nachmittag in den Campo Grande, um uns abzulenken. Wir fanden uns wieder inmitten der fröhlichen Besucherschar. Familien picknickten, Kinder lachten und spielten, bunte Bälle flogen durch die Luft, blumengeschmückte Pferdekutschen fuhren über die Hauptwege.

Wir schlenderten die Spazierpfade entlang. Die ausladenden Kronen exotischer Bäume über unseren Köpfen schützten uns. Wir blickten auf die blühenden Blumenbeete und Bougainvilliahecken. Wir machten eine Bootsfahrt über den See, wir setzten uns vor den Musikpavillon und hörten dem Orchester zu, das Heiteres von Verdi spielte. Die friedvolle Atmosphäre erschien mir gespenstisch angesichts des Grauens, das uns umgab. Und dennoch milderte die trügerische Idylle unsere Niedergeschlagenheit.

HIRNSCHLAG

Es war an einem Morgen kurz nach dem Aufstehen. Plötzlich bekam ich starke Kopfschmerzen und Sehstörungen, sah alles wie durch eine Milchglasscheibe. Ich war vollkommen verwirrt, verlor mein Gleichgewicht und taumelte, meine Beine knickten ein, ich stürzte nieder, es war, als würde mein Kopf in eine taube Tiefe fallen.

Ich hörte Stimmen … sah große Schatten über mir … Hände berührten mich, dann verschwamm jede Wahrnehmung und verschwand im Nichts. Das zweite Mal, als ich zu mir kam, polterte etwas, vielleicht war es ein umgefallener Stuhl. Wieder ertönten Stimmen, ich verstand nicht, was sie sagten, ich erkannte schemenhaft ein Gesicht, jemand schien mich anzusprechen, aber ich konnte nicht antworten. Plötzlich dachte ich: Ich will nicht sterben, ich will leben.

Die Ursache für meine Einweisung ins Krankenhaus erfuhr ich erst im Gespräch mit dem Arzt, als ich bei vollem Bewusstsein war.

Ich wusste bislang nicht viel über den Zusammenhang von Körper und Seele. Jetzt hatte ich am eigenen Leibe erfahren, wie mein Gehirn auf den Druck in meiner Seele reagierte. Jahrelang war ich gegen Mauern gerannt, immer wieder machte ich einen erneuten Versuch. Nun war all das, was sich in mir gestaut hatte, explodiert. Salazar hatte mir seine Faust ins Hirn gestoßen und es zerspringen lassen.

Der Hirnschlag beeinträchtigte mich nur körperlich, geistig blieb ich klar. Ich machte die Erfahrung, einige Wochen nicht selbst für mich sorgen zu können. Ich, der abgesehen von der Zeit in Britisch-Guayana, wo ich das Klima nicht vertrug und den Aufenthalt vorzeitig abbrechen musste, Jahrzehnte lang bei guter Gesundheit war, ich, dessen Selbstsicherheit grenzenlos schien, war von einem Tag auf den anderen hilflos und abhängig. Ich hatte mich für unverwüstlich und robust gehalten, hatte nicht im Entferntesten geahnt, dass es auch mich einmal treffen und niederschlagen könnte. Ich sah gut aus, war ein Mann mit Stil, eine kräftige männliche Erscheinung, groß und stark gebaut, ohne schwerfällig zu sein. Ich bewegte mich mit einer gewissen Leichtigkeit, selbst als ich merklich zugenommen hatte, wirkte ich niemals plump. Meine Eleganz in Bewegung, Ausdruck und Aussehen war für mich wichtig. Ich präsentierte mich gern in Gesellschaften, führte Gespräche, sprach immer mit klarer, deutlicher und zugewandter Stimme, fragte gern und hörte aufmerksam zu. Ich führte mein Leben mit voller Energie.

Mit einem Schlag war ich zu einem alten kranken Mann geworden. Ich brauchte keinen Arzt, der mir sagte, nie wieder der Mann von zuvor zu werden.

»Wie lange geben Sie mir noch zu leben, Professor«, fragte ich. »Ich muss die Wahrheit wissen.«

»Niemand kann Ihnen diese Frage beantworten, auch ich nicht, denn dann wäre ich ein Scharlatan. Es liegt in Gottes Hand, wann wir sterben müssen. Sie können viel dafür tun, nicht zu sterben: Leben Sie maßvoll, rauchen und trinken Sie nicht, schonen Sie sich, regen Sie sich nicht unnötig auf. Ihr Blutdruck darf nicht in die Höhe schießen. Und nehmen Sie die Medikamente, die ich Ihnen verschrieben habe. Ich denke, Sie werden noch eine ganze Weile auf dieser Erde weilen, wenn Sie sich vorsehen. Keine Leichtsinnigkeiten.«

Die Liebe zu Andrée, die mich einst verjüngt hatte, drückte mich in meiner Lage wie ein Stein. Die Krankheit führte mir mit aller Deutlichkeit vor Augen, wie mein Leben sich verändert hatte und nicht mehr mit der gleichen Energie und Geschwindigkeit ablaufen konnte. Ich lernte, was es heißt, nicht stark, sondern schwach zu sein. Mein Körper hatte mich von einem Moment auf den anderen im Stich gelassen. Ich wusste nicht, wie es weitergehen sollte.

Ich kämpfte um meine Gesundheit. Ich wollte leben, musste leben. Ich habe Glück, sagte ich mir, andere sind nach einen Schlaganfall tot, oder vollkommen gelähmt, können weder gehen, noch sprechen, noch denken.

Ich lebte mit Bewegungseinschränkungen. Mein rechtes Bein schlurfte über den Boden, und ich war kurzatmig. Ich musste mich daran gewöhnen. Manchmal sah ich mich selbst vor Augen, wie ich mit humpelndem Schritt und schwer atmend schiefschultrig auf den Stock gestützt meiner Wege gehe, wie ich mich bemühe, das Humpeln durch verschiedene Arten des Gehens zu kaschieren oder zumindest abzumildern, wie ich das lahmende Bein nach links oder rechts ziehe, den Schwerpunkt beim Gehen mal hierhin, mal dorthin verlagere, wie ich vor Schaufenstern stehen bleibe, als würde ich die Auslagen anschauen, um wieder zu Atem zu kommen, wie ich versuche, mich so aufrecht wie möglich zu halten, Schultern und Rücken gerade ziehe und die Brust herausstrecke. Aufrecht stehen und gehen mit erhobenem Haupt war eine Grundvoraussetzung für Erfolg. Das hatte ich in meinem Diplomatenleben gelernt. Es fiel mir schwer, ich kämpfte um meine Haltung, was zu nichts führte. Ich war zu einem hinkenden schiefen Mann geworden, der für alle sichtbar das rechte Bein nachzog.

Einmal, als ich eine große Straße überquerte, überkam mich ein Schwächeanfall, ich konnte kaum noch laufen. Eine junge Frau bemerkte es und bot mir ihren Arm an. Ich brauche keine Hilfe, hatte ich auf den Lippen – dann besann ich mich, stellte mich meiner Hilflosigkeit und hakte meinen Arm unter den ihren.

Ich lernte, meinen Zustand zu akzeptieren. Ich konnte ihm nicht ausweichen, ich konnte mir nicht ausweichen. Einmal mehr erlebte ich, wie das Leben nicht auf Gerechtigkeit beruhte, sondern auf Willkür. Das forsche Auftreten und die Kraft, die ich einst hatte, waren Vergangenheit, den Mann, der früher zwei Stufen auf einmal nahm, wenn er die Treppe hinaufstieg, gab es nicht mehr. Ich war langsamer geworden. Es strengte mich auch sehr an zu denken und mich zu konzentrieren. Es kam vor, das mir Worte entfielen, ich nach ihnen suchen musste, bis ich sie endlich parat hatte. Ich brauchte für jeden Satz, für jeden Gedankengang länger als zuvor, trotzdem gelang es mir noch immer zu formulieren, was ich zu sagen beabsichtigte.

Die Bedrohung durch einen erneuten Schlaganfall lag als weiterer Schatten über meinem Leben. Ich versuchte, ihn zu verdrängen, weil es unnütz war, mich zu ängstigen. Das Ende kommt, wann es kommt. Das konnten auch meine Gedanken nicht ändern.

KRIEGSENDE

Die alliierten Truppen waren im Nordwesten Frankreichs an Land gegangen, Tausende Truppenfahrzeuge und Flugzeuge hatten den Ärmelkanal überquert.

Paris wurde befreit. Die Alliierten waren an der Westfront auf dem Vormarsch, die Russen an der Ostfront.

Endlich stand Deutschland vor dem Zusammenbruch. Die meisten Gebiete des ehemaligen Deutschen Reichs waren schon seit Herbst 1944 von alliierten Truppen besetzt. Kämpfe gab es nur noch in Berlin und einigen Gebieten im Zentrum des Landes. Zwei Wochen lang tobte die Schlacht um Berlin.

Ich erfuhr, dass die deutsche Botschaft in Lissabon in den letzten Tagen vor der Kapitulation in aller Eile Akten in den offenen Kaminen der Gesandtschaft verbrannt hatte. Viele der Dokumente waren unverbrannt aus dem Rauchfang herausgeflogen. Alliierte Geheimdienstler und Mitarbeiter der deutschen Botschaft kämpften darum, die herabsegelnden Papiere einzusammeln. Es handelte sich, wie sich schnell herausstellte, nur um belanglose Formulare und Rechnungen, die aus dem Schornstein schwebten. Lächerlichkeiten in Zeiten der Menschenvernichtung.

Als die Rote Armee das Berliner Stadtzentrum

erobert hatte, beging Hitler Selbstmord. Nachdem sein Tod bekannt gegeben worden war, ließ Salazar als einziges Staatsoberhaupt alle Flaggen im ganzen Land auf Halbmast setzen und verordnete drei Tage Staatstrauer. Als Deutschland kapitulierte, erklärte er vor der Nationalversammlung, Portugal begrüße den Sieg der Alliierten.

Angelina und ich hatten nur einen Gedanken. Unsere Söhne hatten den Krieg überlebt. Sie lebten!

In Lissabon feierten die Menschen zwei Tage lang das Ende des Krieges und den Sturz Hitlers. Es fanden Demonstrationen des Dankes vor der britischen und US-amerikanischen Botschaft statt. Sie schwenkten britische, französische und amerikanische Fahnen. Einige Männer trugen unbeflaggte Stangen, denn die russische Fahne war in Portugal verboten. Sie riefen »Sieg! Sieg! Tod dem Faschismus! Freiheit für alle politischen Gefangenen!«

Salazar ließ die Demonstrationen verbieten. Das portugiesische Innenministerium organisierte und veranstaltete stattdessen ein Danksagungsfest für Salazar und den Frieden.

*

Mit der Niederlage der Deutschen kam das ganze Ausmaß der Nazi-Gräuel ans Licht. Ich erstarrte vor der Bestialität im Menschen, die ich nicht verstehen konnte und wollte. Ich erstickte in Unbegreiflichem.

Überall war es nun zu lesen. Die Nazis hatten Todesfabriken errichtet und es als Recht angesehen, die Menschen zu quälen und zu töten. Menschen töteten Menschen. Kinder und Alte wanderten sofort in die Gaskammer. Ärzte infizierten Mädchen und Frauen für medizinische Versuche mit Krankheiten, die anderen zwang man zu arbeiten, bis sie tot umfielen. In den Altenheimen und psychiatrischen Anstalten ermordeten Deutsche unter dem Euphemismus »Sterbehilfe« ihre Mitbürger.

Fotos dokumentierten das Ungeheuerliche. Es war mir kaum möglich, die Menschenberge der Getöteten, Haufen von nackten Körpern, die sich schichteten, anzusehen, mir war nicht möglich, den Blick auf die Gerippe der Überlebenden zu werfen, die mir aus ihren leblosen Augen entgegenstarrten, bis aufs Skelett abgemagerte Gespenster mit großen leeren Hungeraugen, Menschen, die sich kaum aufrecht halten konnten, ein Windhauch hätte sie umwehen können, so schwach waren sie; ausgezehrte, halbtote Wesen mit Augen, die … Immer wieder wendete ich den Blick ab vor dem, was ich nicht ertragen konnte, immer wieder zwang ich mich hinzuschauen, zwang mich, der Realität nicht auszuweichen. All das war geschehen! In Europa kamen Millionen und Abermillionen unschuldige Menschen durch Massenmorde um, weil sie Juden, Roma und Sinti, Homosexuelle, psychisch Kranke oder alte und schwache Menschen waren. Deutschland, eine der größten Nationen der Welt, die sich zivilisiert nennt, hat Millionen Frauen, Kinder und Männer umgebracht. Und die ganze Welt hat ihren Beitrag dazu geleistet, denn sie hat die meisten Schutzsuchenden nicht fliehen lassen. Viele Regierungen waren sogar bei den Deportationen und Morden behilflich. Einheimische Verwaltungen, Polizisten, Politiker und Bürger der besetzten Länder unterstützten Deutschland. Nicht nur in Polen schlug das Volk auf die Juden ein, nicht nur in Polen haben Einheimische an Massakern teilgenommen und Juden niedergemetzelt.

Warum schweigt die Welt? Warum kann sie ihre Fehler nicht eingestehen?

Die Deutschen verteilten den Besitz der Juden unter die Menschen, die sie unterworfen hatten. Wie viel Millionen Menschen haben sich mit den Habseligkeiten der Juden bereichert? Wie viele Nutznießer wohnen in ihren Wohnungen, wie viele arbeiten an ihren Arbeitsplätzen?

Wie viele Firmen beschäftigten Juden als Zwangsarbeiter und brachten sie zu Tode? Warum entschuldigt sich niemand? Warum schweigen alle? Weil sie ein schlechtes Gewissen haben, weil sie sich schuldig fühlen oder weil sie nichts zurückgeben wollen?

Was die deutschen Nationalsozialisten den Juden angetan haben, ist beispiellos in der Geschichte der Menschheit und übertrifft jedes Maß, das alle bisherigen Völkermorde in der Welt hervorbrachten. Niemand ahnte im Anfang, dass die antisemitischen Reden der Deutschen, die Hetzjagd und die Judengesetze zur

organisierten Massenvernichtung durch die Nationalsozialisten führten. Und dennoch hatte Hitler alles
angekündigt.

Innerhalb von drei Jahren vernichteten die Nationalsozialisten über 70 Prozent der jüdischen Bevölkerung, die in den Gebieten, die unter deutscher Herrschaft standen, und in ihren verbündeten Staaten lebte.

Und ich? Ich werde weiterhin dafür geächtet, ein
paar Tausend Menschen vor diesem Schicksal gerettet zu haben.

Ich weiß nicht, wie ich das erklären soll, ich fühle
mich, als hätte ich mich in einer fremden Welt verirrt,
einer Welt der Massenmorde und Atombomben, die in
der Judenvernichtung und der Katastrophe von Hiro-
shima gipfelt.

Ich weiß nichts über die Menschen. Ich weiß nichts
über die Hölle, die sie in sich tragen. Warum ist es so?
Warum gibt es Menschen ohne Gefühle, Menschen,
die andere gering schätzen, die töten, die nichts empfinden, wenn sie töten, die nicht bemerken, dass die
anderen ebenfalls Menschen sind, die sich in nichts von
ihnen unterscheiden. Die Welt scheint immer denen
zu gehören, die nicht fühlen. Und es sind immer die
gefährlichsten und kaltblütigsten Menschen, die nach
der Macht streben. Und warum ist die Ohnmacht, mit
der die Menschen den Diktatoren und Kriegstreibern
gehorchen, so groß, dass diejenigen, die in der Mehrheit sind, sich nicht gegen die Despoten auflehnen können oder wollen? Warum ist es so schwer, dem, was als

richtig propagiert wird, unseren gesunden Menschen-verstand und unser Herz entgegenzusetzen, unseren Freunden, Nachbarn und Kollegen zu widerspre-chen, wenn sie sich auf die Seite des Bösen geschlagen haben, nur, weil das Böse auf einmal als das Richtige, das Unmenschliche als menschliche Tugend verbrei-tet wird. Warum ist das so?

Ich weiß nichts über dieses grausige Chaos, in dem die Welt sich dreht. Ich ahne nicht einmal, was geschah und warum, wieso und wozu es geschah. Ist es über-haupt möglich, Gründe dafür aufzuspüren? Ich kann noch so viele Erklärungen abgeben, Vermutungen und Analysen anstellen, Ursachen und Zusammenhänge aufführen. Ich weiß nichts!

Ich wünschte, ich könnte etwas daran ändern, aber ich kann nicht einmal an meinem nichtssagenden Schicksal etwas ändern.

Was bedeutet schon mein Schicksal gegenüber der menschlichen Katastrophe, die sich ereignete? Was bedeutet meine Visahilfe gegenüber den Tausenden von Nichtjuden, die ihr Leben riskierten, um Juden zu retten? Viele der Helfer wurden für ihren Mut ermor-det. Trotz aller Gefahr, denunziert und ausgeliefert zu werden, versteckten sie Menschen in ihren Häu-sern oder verhalfen ihnen zur Flucht. In allen Ländern gab es sie. Es waren Menschen aus allen Gesellschafts-schichten. Beamte, Arbeiter, Kaufleute, Geistliche, Nonnen, Mönche, Diplomaten, Kommunisten, und selbst Nationalsozialisten, die Menschen retteten. Es waren viel zu wenige. Und dennoch ist es mir ein großer Trost, dass es außer mir auch andere, viel mutigere »ungehorsame« Menschen gab.

GNADE

Ich hörte Salazars Friedensrede im Radio.

Er sagte: »Was die Flüchtlinge betrifft, haben wir alles getan, was unsere Pflicht war, auch wenn es bedauerlich ist, dass wir nicht mehr helfen konnten.«

Seine Worte schnürten mir die Kehle zu. Er log, er log ungeniert. Kein Wort fiel über das Rundschreiben, kein Wort über die Menschen, die nicht einreisen durften, kein Wort über Salazars Nähe zu Hitler. Kein Wort über meine Degradierung.

Der Kampf um meine Rehabilitation und das alltägliche Leben war seit meinem Schlaganfall noch anstrengender und ermüdender geworden. Ich fühlte mich mehr und mehr chronisch ausgelaugt. Manchmal konnte ich das Tocktock meines Stockes, das nun zu mir gehörte wie das Geräusch meines Atems, nicht mehr hören, manchmal warf ich den Stock beiseite und wollte meinen gesunden Körper wiederhaben, mir war alles zu viel, das, was mir widerfuhr, das, wofür ich kämpfte. Aufgeben konnte ich nicht. Ich wollte Gerechtigkeit, wollte meinen Namen fleckenlos hinterlassen, diese Notwendigkeit durchströmte mich wie eine aufputschende Droge, und so fand ich die Kraft zurechtzukommen mit den Umständen und Bedingungen, denen ich ausgesetzt war. Ich wusste, die kommende Zeit würde schwer sein, ich ahnte nicht, wie schwer sie wirklich werden würde, ich hatte mir keine Vorstellung davon gemacht, was es heißt, krank zu sein.

Mein Bruder César versuchte, mir mit Bittbriefen zu helfen, die er aus Südamerika, später aus der Schweiz, wo er als Botschafter arbeitete, an Salazar schrieb. Er berief sich auf meinen schlechten Gesundheitszustand und bat ihn, mich gerade wegen seiner in der Friedensrede geäußerten Worte über die aufgenommenen Flüchtlinge zu rehabilitieren.

Er erhielt keine Antwort, auch nicht, als er es zwei Monate später, als Salazar das Parlament aufgelöst hatte, Neuwahlen und eine Amnestie ankündigte, noch einmal versuchte.

Eure Exzellenz, Eure Exzellenz ... Verzeiht mir, Eure Exzellenz ... Ich möchte Eure Exzellenz beschwören ... lassen Sie Milde walten, gestatten Sie eine Rehabilitierung ... Eure Exzellenz, als Oberhaupt einer besonders christlichen Regierung, Eure Exzellenz ... ich rufe die Barmherzigkeit Eurer Exzellenz an ...

César bettelte ihn an, mich nicht zu vergessen, und in seine »Gnade« miteinzubeziehen.

Gnade, Gnade, Briefe, Briefe, Bittgesuche, Berge von Bettelbriefen, Dokumente des Scheiterns, Ergüsse der Machtlosigkeit. Niemanden interessierte das Bittebittegestotter.

In Salazars Kopf ist kein Platz für Barmherzigkeit. Mendes ist ein naiver Trottel, denkt er. Merkt er es denn nicht? Er hat nicht die winzigste Chance. Er weiß offenbar nicht, mit wem er es zu tun hat. Er wird nie wieder in den Staatsdienst aufgenommen. Ich werde ihn vernichten. Dafür werde ich Sorge tragen. Ich werde Befehlsverweigerung nicht einreißen lassen. Ich fordere Disziplin! Schon wieder ein Brief, und noch ein Brief. Ich sollte auch den Bruder entlassen. Ich hätte Lust, beide ins Gefängnis zu stecken, aber das macht viel zu viel Aufsehen. Was für Einfaltspinsel, zu glauben, sie würden mich mit ihrem Gebettel umstimmen. Sie gehen mir auf die Nerven. Das muss ein Ende haben.

»Ich habe es kommen sehen«, schrieb mein Bruder, »ich hab es geahnt, Salazar rächt sich an dir und nichts wird ihn umstimmen. Wir müssen aufgeben, Aristides, wir können es nicht herbeizaubern, seine Mauer ist undurchdringbar, du kannst nichts mehr dagegen machen. Er will den Untergang der Familie Mendes, keinen Finger wird er rühren. Wer weiß, wie lange ich noch im Amt bleibe. Schone dich, Bruder, du bist krank, verpulvere nicht deine Energie für etwas Aussichtsloses. Ich schicke dir Geld, so viel ich übrig habe.«

HOLZWEGE

In den Neuwahlen, die im November 1945 bevorstanden, sah ich die einzige Chance, sowohl für Portugal, als auch für mich. Ich, der einst Salazar nahestand, hatte verstanden. Ein Leben ohne Freiheit, oder zumindest dem Wunsch nach Freiheit, ist sinnlos. Es war Zeit, sich von Salazar voll und ganz loszusagen. Ich wünschte Demokratie, wünschte Portugals Wandel zu einem demokratischen Staat. Ich unterschrieb eine Petition der neu gegründeten demokratischen Bewegung, die sich für freie Wahlen aussprach – die Unterschriftenliste geriet in die Hände der Staatspolizei. Damit war das Schicksal meiner Familie einmal mehr besiegelt, denn Salazar gewann die Wahlen. Das Argument, eine Kriegsbeteiligung Portugals verhindert zu haben, siegte über seine diktatorischen Maßnahmen, die die portugiesische Bevölkerung knebelte. »Der Estado Novo wird nicht stürzen«, hatte Innenminister Moniz gesagt, »weder durch Wählerstimmen, noch durch Schüsse.«

Alles blieb beim Alten. Glauben und Gehorchen blieb Salazars Devise. Er würgte jede Unabhängigkeit ab. Die Zensur verschärfte sich, die Unterdrückung badete in Blut. Salazar betete den Rosenkranz, während er foltern ließ. Er benutzt die Religion, um Menschen zu beherrschen, im Auftrag Gottes.

Die Menschen, die bei der Geheimpolizei abgeliefert werden, müssen Tag und Nacht stehen, ohne zu schlafen. Sobald sie die Augen schließen, halten die Wärter sie mit Knüppeln wach. Pausenlose Verhöre folgen, Fragen über Fragen unter grellem Lampenlicht, Fragen, die in Misshandlungen und Torturen münden, um den Inhaftierten die Zunge zu lösen.

Salazar lässt die Menschen im Aljube-Gefängnis vermodern oder im Konzentrationslager Tarrafal auf den Kapverden sterben. Man nennt es das Lager des »Morte Lenta«, Lager des langsamen Todes. Joao de Silva ist Leiter in Tarrafal. Er hatte die deutschen Konzentrationslager besichtigt und Offiziere in Dachau ausbilden lassen. Torturen werden verheimlicht, Verbrechen vertuscht, Morde als Unfälle dargestellt.

Die europäischen Staaten billigten und billigen es. Portugal ist Gründungsmitglied der Nato.

Meine Hoffnung, dass mit dem Ende Hitlers auch andere faschistische Regierungen und Diktaturen zusammenbrechen würden, hatte ich begraben.

Saharawind rauscht durch das Land. Ein heiße sandige Luft umwirbelt die Menschen und bedeckt ihr Leben mit einer dichten Schicht aus staubigem Schmutz.

*

Auf internationalen Treffen betonte Salazar immer wieder seine Gastfreundschaft gegenüber Flüchtlingen und rühmte sich, Juden gerettet zu haben. Ich ertrug es nicht, für etwas betraft zu werden, für das Salazar sich im Ausland Ansehen verschaffte. Ein weiteres Mal versuchte ich, meine Rehabilitation zu erstreiten, es ging nicht nur um mich, ich wollte den Namen unserer Familie ohne Makel hinterlassen und meinen Kindern ein Leben in ihrer Heimat ermöglichen, vor allem sorgte ich mich um Angelina, sie hatte sich vollkommen zurückgezogen, sie lebte wie hinter einer Nebelwand, schien geistig vollkommen abwesend zu sein.

Bitterkeit steigt in mir auf, denn der Grund für ihr Verhalten ist unübersehbar. Sie verkraftete es nicht, in Armut und entehrt zu leben. Ob sie inzwischen von Andrée und Marie-Rose wusste? Ich kann es nicht sagen. Ich verheimlichte ihr weiterhin meine zweite Familie.

Ich beschritt immer aussichtslosere Wege. Salazar brachte mich um den Schlaf. Eine Stunde nach der anderen verging. In meinem Kopf sammelte sich eine Flut von Beschimpfungen, denen ich unzensiert freien Lauf ließ. Es tat gut!

Ich wurde zu einem Mann, der ununterbrochen darüber nachdachte, welche Wege er noch einschlagen könnte. Was kann man tun? Was kann man überhaupt noch tun? Ich muss etwas tun, wenn ich nichts unternehme, ist es die falsche Entscheidung, nichts ist verloren, solange ich genügend Kraft aufwende, meine Zukunft hängt davon ab, mit welcher Intensität ich mich für meine Belange einsetze, ich verhelfe Salazar zum Sieg, wenn das Urteil bestehen bleibt, ich darf es nicht zulassen, auch, wenn ich mich angeschlagen fühle, muss ich weitermachen, Salazar darf damit nicht durchkommen.

Mit diesen Gedanken stand ich mitten in der Nacht auf. Nach einigem Hin- und Herlaufen fasste ich einen Entschluss, setzte ich mich an den Schreibtisch, spannte den Bogen ein. Die ganze Nacht klapperte die Schreibmaschine. Ich schrieb an den Präsidenten der Nationalversammlung, obwohl die Nationalversammlung ein Hilfsorgan Salazars war und sich fast immer darauf beschränkte, die von der Regierung erlassenen Gesetze und Entscheidungen im Nachhinein zu billigen. In meinem Brief wies ich, ich weiß nicht zum wievielten Mal, darauf hin, dass die Menschen jüdischen Glaubens aus den besetzten Ländern kamen und bereits in Deutschland und dann andernorts verfolgt worden waren und ich als amtierender Konsul mich im Namen der Menschlichkeit nicht an ein Visaverbot halten durfte. Ich erwähnte Artikel 8 der Verfassung, der die Freiheit und Unverletzlichkeit der Religionsausübung beinhaltet, derentwegen niemand verfolgt, eines Rechts beraubt oder von irgendeiner Bürgerpflicht ausgenommen werden darf, merkte an, ich hätte demnach gar nicht das Recht gehabt, die Flüchtlinge nach ihrer Religion zu befragen und ihnen daraufhin ein Visum zu verweigern, weil es einer abscheulichen religiösen Verfolgung gleichgekommen wäre, denn schließlich handelte es sich um ein Asylrecht, das jedes zivilisierte Land im Falle eines Krieges oder einer öffentlichen Katastrophe stets anerkannt und respektiert hat. Ich schrieb noch Einiges mehr, unter anderem auch, dass eine Visaverweigerung für Juden als Mitwirkung an der nationalsozialistischen Judenverfolgung hätte ausgelegt werden können, was die Neutralitätspolitik Portugal in Gefahr gebracht hätte. Dann erwähnte ich noch das Lob des Auslands über meine Vorgehensweise in Bordeaux. Das Ende des Briefes lautete:

Ich kann diese offenkundige und absurde Ungerechtigkeit, die ich erlitten habe, nicht ertragen und wünsche deren sofortige Beendigung.

Das Verhalten der portugiesischen Regierung ist verfassungswidrig, parteiisch und steht im Widerspruch zu allen humanitären Empfindungen, und ist damit in der Konsequenz gegen die gesamte portugiesische Nation gerichtet.

Ich appelliere eindringlich an die Versammlung in ihrer hohen Verantwortung, die Verfassung durchzusetzen und die mir wegen meines Ungehorsams gegenüber den genannten Anweisungen auferlegte Strafe aufzuheben. Ich fordere eine persönliche Erklärung der Beamten, die besagte Anordnungen erlassen haben, dass sie gegen die Verfassung und das bestehende Regime verstoßen haben. Ich ersuche die Versammlung ferner, die durch die Disziplinarmaßnahmen des Außenministers verursachten materiellen und moralischen Schäden wiedergutzumachen.

Ich erhielt nie eine Antwort, auch nicht, als ich nachhakte. Du kämpfst für eine aussichtslose Sache, Mendes, sagte ich zu mir selbst. Es geht nicht mehr weiter, dein Untergang ist besiegelt, deine Akte steckt in irgendeiner verschlossenen Schublade, die nie wieder geöffnet wird, so wie ein Sarg nicht mehr geöffnet wird, wenn er einmal geschlossen ist.

Ich saß da wie versteinert, endgültig aller Hoffnung beraubt, aller Hoffnung, die mich immer wieder hat kämpfen lassen. Alles hat ein Ende, dachte ich. Alles, was ich je geschrieben habe, alles was ich noch sagen werde, wird erfolglos bleiben. Im Moment der Aufgabe, im Moment, da alles in mir zusammenbrach, keimte wieder der Mut auf: Wenn ich es schaffe, rehabilitiert zu werden, wenn ich es schaffe, dann hat es mehr Sinn weiterzumachen, als wenn ich tatenlos herumsitze. Alle Versuche werden helfen, immer wieder das ans Licht zu bringen, was abgetötet und verschwiegen werden soll.

Ich klammerte mich an meine Hoffnung, ich ertrug meine Situation nur, wenn ich etwas dagegen unternahm, auch wenn es mir Bauchschmerzen verursachte. Bei jedem weiteren Brief kämpfte ich mit meiner Aversion, mir war danach, alle Seiten zu zerreißen, und manchmal tat ich es, und warf die Brille auf den Schnipselhaufen, um sie wieder aufzusetzen und mit Trotz und eisernem Willen von vorn zu beginnen. Was ich ständig zur Post brachte, war die Zukunft meines Lebens und meiner Familie, ich musste einfach irgend-

wann erfolgreich sein, ich durfte nicht ständig abgewiesen werden. Ich schrieb an den Präsidenten, an das
Diplomatische Korps in Lissabon, an den Erzbischof
von Lissabon. Er antwortete, ich solle lieber zur Mutter Gottes von Fatima beten. Ich bat Persönlichkeiten, die Salazar nahestanden, ihren Einfluss zu meinen
Gunsten geltend zu machen. Ich nahm auch Kontakt
zu Bensabat Amzalak auf, der vielen Juden, denen ich
ein Visum ausgestellt hatte, weitergeholfen hatte. Vergebens, vergebens, vergebens. Auch weitere Briefe meines Bruders an Salazar fruchteten nichts. Selbst mein
Brief an Papst Pius blieb unbeantwortet. Was erwartete
ich? Was hat die katholische Kirche, was hat der Papst
gegen das Leid der Juden unternommen? Was unter-
nimmt der Papst überhaupt gegen das Unheil der Welt?
Ich muss an die baskischen Priester denken. Sie hatten
sich nach dem furchtbaren Bombenblutbad in Guernica
auf die Seite der Republik gestellt. Der Papst exkom-
munizierte sie dafür. Die baskischen Priester waren
die frommsten Christen, die in Spanien lebten, sie hatten sich gegen die Barbarei aufgelehnt, nicht gegen den
Glauben. Mir kommt auch die Szene auf dem Peters-
platz in den Sinn. Tausende von Menschen erwarteten den Papst zur Osteransprache. Als er auf dem Bal-
kon erschien, jubelte die Menschenmenge, unter ihnen
Hunderte von deutschen Jungkatholiken, die HEIL
brüllten, den rechten Arm in die Höhe gestreckt. Der
Papst rief ihnen PAX, Friede und Freude entgegen.

Ich träumte einmal von Jesus. Er stand vor mir und sagte: »Ich mach nicht mehr mit.«

Ich sage es in aller Klarheit: Das Unheil des Nationalsozialismus wäre nicht möglich gewesen ohne die Tatenlosigkeit auch gläubiger Menschen, ohne die Verachtung der Menschen- und Völkerrechte auch durch die Kirchen und Gottestreuen.

Immer diese Ruhelosigkeit in mir, immerzu diese maßlose Anstrengung. Was trieb mich noch, Gerechtigkeit zu erlangen? Meine eigene Kirche schwieg, und die Länder entschuldigten sich nicht einmal dafür, dass sie die vielen Juden, die an ihre Tür klopften, nicht aufgenommen hatten und damit ihren Tod besiegelten.

Wie viele Regierungen, Monarchien, Republiken, Diktaturen, wie viele Revolutionen, Unruhen, Kriege, wie viel Unrecht habe ich erlebt in den 32 Jahren meiner Amtszeit. Wofür? Warum? In welcher Wolke hat Gott die Gerechtigkeit versteckt, dass ich sie nicht finden kann?

*

Ich verbrachte den Vormittag grübelnd am Schreibtisch, versuchte, weitere Briefe zu schreiben, sprach mir den Text laut vor, konnte mich nicht entscheiden, warf die angefangenen Bögen wieder beiseite, stand auf, wühlte in ein paar Büchern herum, ohne den Inhalt zu erfas-

sen, starrte ein Weile aus dem Fenster, sah den Postboten kommen, nahm die Post entgegen, blätterte die
Briefe durch.

*Lieber Senhor Mendes, ich schreibe Ihnen aus New
York. Die Jahre, die ich hier verbracht habe, waren
die schwersten meines Lebens. Ich lebe in einem Zimmer, das als Studio bezeichnet wird. Es ist ein dunkler
Schlaf- und Wohnraum. Die kleine Küche ist gleichzeitig das Bad. Das Fenster geht in einen Luftschacht.
Der einzige Vorteil dieses düsteren Lochs ist die Möglichkeit, Fotos zu entwickeln.*

*Das Leben in New York überfordert mich. Dass ich
dem Konzentrationslager und dem Tod entkommen
bin, hat mich nicht glücklich gemacht. Ich konnte keine
Minute meines neuen Lebens leben, ohne an die Menschen zu denken, die den Nazis ausgeliefert waren. Mir
war noch nie so hohl, so schäbig und so nutzlos zumute
wie hier. Dann kamen die Todesnachrichten meiner
Verwandten. Während ich versucht habe, mich in eine
Welt einzufinden, die nicht meine ist, während ich für
eine Werbeagentur belanglose Fotos von Zahnpasten,
Kaugummis und Waschmittel geschossen habe, erschossen die Nazis meine Eltern, vergasten Onkel und Tante,
erschlugen meinen Bruder. Zwölf weitere Familienmitglieder gelten als vermisst.*

*Alles, was ich fühlte, war Schuld. Schuld, diese Menschen verlassen zu haben, Schuld, noch zu leben. Sie
waren tot, ermordet, und ich lebte. Die Last war zu*

groß. Ich wollte Schluss machen. – Ich war kurz davor, das Gas aufzudrehen.

In all meinem Leid musste ich plötzlich an Sie denken. Und ich fragte mich: War alles umsonst? War meine Rettung umsonst? Hat mein Überleben nicht irgendeinen Sinn?

In diesen verzweifelten Tagen starb meine Freundin Sarah. Sie litt an Krebs. Wir beerdigten sie jüdisch, was bedeutet, dass nicht Totengräber, sondern die Trauergäste das Grab zuschaufelten.

Ich nahm die Schaufel, stieß sie in den Erdhaufen, warf die Erde auf den Sarg, hörte den Aufprall, schaufelte weiter, ohne die anderen zu beachten, schaufelte, schaufelte, keuchte, schaufelte, die dumpf tönenden Erdklumpen im Ohr, schaufelte, und stellte mir dabei vor, meine Eltern, meinen Bruder, meine Verwandten zu begraben. Wenigstens ein Grab sollten sie haben, einen Ort, an dem sie ruhen konnten, einen Stein, auf dem ihre Namen standen. Mir liefen die Tränen über die Wangen, während ich immer weiter schaufelte, so lange, bis die Grube bis zur Grasnarbe gefüllt war, bis die Schaufel zum Stillstand kam, ich mich wiederfand inmitten der schwitzenden und weinenden Trauergemeinde. Ich blickte auf das Grab. Und wieder stieg die Frage in mir auf. Welchen Sinn hat mein Überleben, welchen?

Senhor Mendes, ich gehe nach Deutschland zurück. Ich gehe zurück nach Berlin. Ich werde meine Fotos in Deutschland veröffentlichen, ich werde ein Buch schrei-

ben über das, was mir und meiner Familie geschehen ist. Ich werde meinen Angehörigen einen Ort der Erinnerung schenken. Und ich werde helfen, die Demokratie aufzubauen. Das ist der Sinn. Das ist der einzige Sinn, den ich für mein Leben sehe, der einzige Weg, der mein Überleben garantiert.

Letztlich haben Sie mich ein drittes Mal gerettet. Dafür danke ich Ihnen aus tiefstem Herzen.

Schreiben Sie mir bitte, wie steht es bei Ihnen?

*

Ich war körperlich, moralisch und finanziell am Ende. Darlehen, Kredite, Anleihen waren ausgeschöpft. Ich war der unbeglichenen Rechnungen und der fruchtlosen Bittstellerei, die immer mit dem Gefühl der Demütigung einherging, müde. Nachts lag ich im Bett und zermarterte mir das Hirn, wovon ich unsere Miete zahlen sollte und fand keine Lösung.

Angelina und ich mussten in eine kleinere Wohnung in der Avenida de Berna ziehen. Es fehlte uns an allem, und wir waren beide krank. Manchmal hatten wir nicht einmal Milch zum Frühstück. Unser Sohn Luís Felipe half uns in seinen Möglichkeiten. Es verhinderte nicht das wachsende Unglück unserer Familie. Es brach über uns herein, kurz nachdem ich von einem Geflüchteten Besuch erhielt.

Es läutete. Ich war allein zu Hause und öffnete die Tür. Vor mir stand ein junger Mann mit dunklem Haar.

»Bitte«, fragte ich.

»Verzeihen Sie, dass ich unangemeldet komme, ich habe Ihre Adresse von der Jüdischen Gemeinde erhalten. Ich möchte mich bei Ihnen bedanken, Sie haben mir in Bayonne die Flucht nach Portugal ermöglicht.«

»Ich bin nicht auf Besuch eingerichtet«, sagte ich, beschämt über meine Armut. »Meine Frau ist auch nicht da.«

»Bitte, machen Sie sich keine Umstände.«

Ich bat ihn schließlich herein. Er hieß Max Grünbaum.

»Setzen Sie sich.«

Ich setzte mich ihm gegenüber. Auf dem Tisch standen die Gläser und Wasserkaraffe, die Angelina immer bereitstellte.

»Bedienen Sie sich«, sagte ich.

Er schenkte sich ein. Ich betrachtete ihn.

»Warum kommen Sie jetzt zu mir?«

»Ich komme, weil ich Portugal morgen früh verlassen werde. Ich gehe nach Paris. Ich wollte mich vorher bei Ihnen bedanken, das ist alles.«

»Sind Sie die ganze Zeit in Portugal geblieben?«

»Ja, ich bekam keinen Schiffsplatz. Dann war ich untergetaucht, weil ich keine Aufenthaltsgenehmigung mehr hatte. Ich versteckte mich einige Zeit in Lissabon. Wegen der zunehmenden Razzien wurde es für mich immer gefährlicher, in der Stadt zu bleiben. Von einer Waschfrau erhielt ich eine Adresse in Melides, ihr Vetter war Reisbauer. Ihr Mann brachte mich zu ihm. Ich konnte dort unterkommen und bei der Arbeit helfen. Es war ein bitterarmes Dorf. Alle waren sehr freundlich zu mir, niemand hatte mich verraten, auch der Polizist nicht.

Seit Kriegsende sind wir ja geduldet und können offiziell im Land bleiben.

»Was werden Sie in Paris machen?«

»Ich weiß es nicht. Ich weiß nur eines, ich kann hier nicht mehr leben.«

Meine Neugier wuchs. Ich fragte ihn, wie er sich nach Frankreich hatte retten können.

»Ich saß in Hamburg in einer Einzelzelle des Gestapohauptquartiers. SA-Leute hatten mich aus der Straßenbahn gezerrt, weil ich unerlaubterweise eingestiegen war. Das war vielleicht nur ein Vorwand. Sie sperrten mich ein und begannen, mir irgendwelche staatsfeindlichen Aktionen anzuhängen, fragten nach Namen, die ich ihnen nicht nennen konnte, weil ich sie nicht wusste. Ich verstand überhaupt nicht, was vor sich ging. Tagelang ging das so. Sie schlugen immer brutaler auf mich ein. – Ich hatte mich schon aufgegeben, als plötzlich ein Mann auftauchte. Ich kannte ihn nicht. Er flüsterte durch das Türgitter, ich solle mich in der Nacht bereithalten, meine Zellentür und alle weiteren Durchgänge stünden bis dahin offen, ich könnte das Gebäude verlassen, ohne aufgehalten zu werden. Auf der Straße würde ein Auto auf mich warten, das mich direkt zum Hafen zu einem Schiff via Calais brächte.

Ich fürchtete eine Falle, mir blieb jedoch nichts anderes übrig, als es zu versuchen, ich würde ja ohnehin nicht lebend hier herauskommen, war mein Gedanke.

Ich konnte den Mann nicht mehr bitten, meiner Familie Nachricht zu geben. Er war bereits verschwunden. Letztlich habe ich nichts verstanden von dem, was mir passierte. Aber diese Festnahme war, so paradox es klingt, meine Rettung, denn ich weiß nicht, ob ich sonst überhaupt aus Deutschland herausgekommen wäre. Meine Familie hat es jedenfalls nicht geschafft. –

Ich schlug mich in Frankreich durch. Das, was folgte, ist bekannt. Dann traf ich auf Sie und den rettenden Stempel, den Sie mir auf ein Stück Papier pressten. Es war, als hätte ich einen Schutzengel. Verstehen Sie? Dem unbekannten Mann, der mich aus der Zelle befreite und mir die Flucht nach Frankreich ermöglichte, kann ich nicht danken. Ihr Name stand auf meinem Papier. Ich musste Sie einfach sehen, bevor ich abfahre, und mich bei Ihnen bedanken, Senhor Mendes.«

ANGELINA

Das Wetter war schon seit Beginn der Woche unerträglich schwül und drückend gewesen. Obwohl wir alle Fensterläden geschlossen hielten, war die Wohnung wie ein Glutofen aufgeheizt, selbst der Ventilator brachte keine Kühlung. Ich hatte ein kaltes Bad genommen und saß nun, nur mit meinem Unterhemd bekleidet, vor dem Ventilator, um einen Hauch von Frische zu erhalten. Angelina kam ins Zimmer und sagte, ihr sei nicht gut. Ich führte es auf die Hitze zurück. »Nimm ein kaltes Bad. Mir hat es etwas geholfen«, sagte ich.

»Vielleicht hast du recht«, murmelte sie. Ich konnte sie kaum verstehen.

Das Wasser rauschte aus dem Hahn. Plötzlich hörte ich es im Bad poltern. Ich rief und erhielt keine Antwort. Beunruhigt humpelte ich zur Tür, sah Angelina neben der Badewanne liegen. Ich schrie stumm auf. In meiner Brust schien etwas zu zerreißen. Ich beugte mich nicht einmal nieder, rief sofort den Krankenwagen. Es dauerte nach meinem Empfinden eine Ewigkeit, bis er endlich eintraf. Ich war vollkommen hilflos, ich saß neben Angelina auf dem Fußboden, legte ihr die Hand auf die Stirn. Ich sprach mit ihr, ich weiß nicht mehr was. Endlich trafen die Sanitäter mit der Trage ein.

Der Arzt bestätigte das, was ich vermutet hatte. Auch Angelina hatte einen Gehirnschlag erlitten. Sie traf es heftiger als mich. Ein paar Monate lag sie im Koma, es waren für mich Monate des Kummers und des schlechten Gewissens. Gleichzeitig empfand ich eine große Zärtlichkeit und Liebe zu Angelina. Die vielen Jahre, die wir miteinander verbrachten, zogen in Bildern am mir vorüber. Sie schenkte mir zu jeder Zeit ihre bedingungslose Liebe und Ergebenheit. Gott hatte mir eine wunderbare Frau an die Seite gestellt.

Ich sah sie im Bett liegen. Ein ohnmächtiges Mitleid überfiel mich. Ich konnte ihr nicht helfen. Immer wieder nahm ich ihre Hand in die meine und sprach mit ihr. Vielleicht hatte sie etwas verstanden. Sie lebte nicht mehr und doch war sie nicht gestorben. Sie war weit weg. Reglos, mit ernster Miene lag sie da, bewusstlos. Sie schien weder zu leiden, zu kämpfen noch Angst und Schmerzen zu verspüren, das war, was ich von außen wahrnahm. All das, was ihr Gesicht lebendig gemacht hatte, die großen warmen Augen, die ausdrucksvollen dunklen Brauen, die sich im Gespräch auf und nieder senkten, der Mund, dessen wechselnde Form all ihre Stimmungen verriet, die leichte Röte auf ihren Wangen, all das war erloschen. Wie sah es in ihrem Innern aus? Was spürte sie?

Ich saß an ihrem Krankenbett, hielt ihr mit meiner Rechten die Hand, strich ihr mit der Linken über ihr ergrautes Haar, und sprach über harmlose Alltäglichkeiten. Von einem Fischsalat, den ich gegessen hatte, vom Bäcker um die Ecke, der Brot verschenkte, und dergleichen. Von Andrée habe ich ihr nicht erzählt. – Ich konnte es nicht. Wenn sie irgendetwas hätte verstehen können, hätte sie es sicher nicht ertragen. Sollte ich sie mit einer Geliebten und einer Tochter konfrontieren? In mir krampfte sich alles zusammen. Ich kämpfte gegen die Tränen an. Oder ging es nur um mich? Hätte ich selbst es nicht ertragen? Ich hatte sie mit schäbigen Lügen und Schweigen gedemütigt, ich kränkte Angelina über Jahre, während ich es als freundlichen Akt darstellte, um sie zu schonen. Leise sagte ich: »Entschuldige bitte.«

Das Einzige, was ich noch für Angelina tun konnte, war, ihrem langsamen Sterben zuzusehen und sie aus dem Leben hinauszubegleiten. Die Schwere und Traurigkeit in mir, begleitet von Müdigkeit und Erschöpfung, lähmten und bedrückten mich. Ich hatte Furcht, es nicht mehr auszuhalten. Es gab Tage, da hätte ich davonlaufen mögen; ich tat es nicht, auch, wenn Angelina schon lange nicht mehr wusste, dass es mich noch gab.

*

Sie starb wie alle Menschen, von einem Moment auf den anderen. Und dieser Moment machte mich fassungslos, obwohl ich darauf vorbereitet war. Dieser Moment ließ mich noch einmal spüren, wie sehr Angelina und ich zusammengewachsen waren in den vielen Jahren unserer Ehe.

Ich stand an ihrem Totenbett. Ihr unbewegliches Gesicht drückte nichts mehr aus, es war eine bleiche leere Oberfläche. Sie ist von mir gegangen, dachte ich, vor mir liegt nur noch ihr Körper, der bald in Verwesung übergehen wird. Eine durchdringende Kälte stieg in mir hoch. Jetzt erst begann ich zu begreifen, zu fühlen, dass sie wirklich tot war. Plötzlich sah ich sie neben mir stehen, wie sie mir lächelnd den Smoking ausbürstete. Ich hörte das Bürstengeräusch auf dem rauen Tuch. Weinkrämpfe erschütterten mich. Ich weiß nicht, wie lang ich ihre kalte Hand hielt und weinte.

Angelina hatte aufgegeben, waren meine Gedanken, weil sie keine Kraft mehr hatte, ihr Schicksal zu tragen. Angelina war gestorben, weil ich in Bordeaux zwei Entscheidungen getroffen hatte, die ich nicht rückgängig machen konnte und wollte. Ich hatte mir vorgemacht, dass sie, was Andrée betraf, unwissend war. Ich hatte mich auffällig genug benommen. Sie war eine sensible Frau, sie musste es bemerkt haben, an meinen Augen, meinen Händen, meinen Lippen, auf denen die Lüge lebte.

Einmal saß Angelina vorm Spiegel und kämmte sich das Haar.

»Es hat lange gedauert«, sagte sie.

»Ja«, sagte ich, »ich bin hundemüde«, und küsste sie flüchtig auf die Stirn.

Wie oft blickte ich in Angelinas unsichere, besorgte und traurige Augen. Ich hörte, wie sie am Waschbecken die Zähne putzte und seufzte, wie sie unter der Bettdecke ihr Schluchzen unterdrückte. Ich sah es, hörte es, und schwieg. Vielleicht wusste ich, und wollte nicht wissen, was ich wusste. Vielleicht wusste Angelina, und wollte nicht wissen, was sie wusste. Vielleicht war Angelinas Eheleben nie etwas anderes als eine Pflicht gewesen, der sie Genüge tat. – Ich habe in ihr die treueste und verlässlichste Frau verloren.

Der Leichenzug setzte sich in Bewegung. Sengende Hitze brannte auf unsere Köpfe. Neben mir ging Aristides, mein Ältester, es folgten José, Clothilde, Geraldo, Pedro Nuno, Joana, Tereshina, Luis Felipe und João Paulo. Die anderen Kinder waren im Ausland.

Ich drohte, in einen Abgrund zu versinken. Mein Ältester stützte mich. Ich muss gehen, sagte ich mir immer wieder, gemessenen Schrittes gehen, ich muss dem Pfarrer und den Ministranten folgen, muss Angelina folgen.

Das weiße Chorhemd des Paters leuchtete inmitten der schwarzen Kleider der Trauernden. Der schwere Duft der Lilien strömte in mich hinein und weckte sowohl den Schmerz, den ich Angelina zugefügt habe, als auch den Schmerz, der mir ihr Verlust bereitete. Doch unter meiner Trauer lag das Gefühl der Befreiung, nicht mehr die sterbende Frau zu besuchen, nicht mehr für sie verantwortlich zu sein. Ich empfand Erlösung.

Ich lebte und hatte eine Zukunft. Trotz allem Leiden lebte ich. Ich hatte immer noch Kraft, ich durfte mein Leben weiterführen, begleitet von meinen gesundheitlichen Schäden und sicher auch trüben Stunden, aber auch mit einem neuen Glück. Nun würde alles leichter werden, ich könnte mich voll und ganz Andrée zuwenden. Jähe Dankbarkeit erfüllte mich, leben und lieben zu dürfen. All diese Gedanken und Gefühle tobten in mir.

Auf der Beerdigung sah ich viele meiner Kinder das letzte Mal. Sie verstreuten sich über den Erdball, gingen nach Kanada, Kalifornien, Belgisch-Kongo, nach Angola, nach Mosambik. Sie hatten in Portugal keine Perspektive mehr. Meine Familie, die tief mit Portugal verwurzelt war, war zerstört.

Jeden Tag schaute ich in die Vitrine in der Eingangshalle. Dort befanden sich die Flaggen aller Länder, in denen meine Kinder geboren sind. Nur Aristides, Manuel und Pedro Nuno kamen in Portugal zur Welt, José, Clotilde, Isabel und Geraldo waren in Sansibar geboren, Elisa und Teresinha in Brasilien, Carlos und Sebastião in den USA, Luís Felipe in Spanien, Joao Paulo und die kleine Raquel in Belgien. Jeden Tag schaute ich Familienfotos an. Jedes Jahr ließen wir ein Foto machen, die Kinder rechts und links um Angelina und mich versammelt. Das alles war Vergangenheit. Alles, was das Leben mir gegeben hatte, alles, was ich liebte, verflüchtigte sich. Salazar entwurzelte meine

Familie wie ein Unwetter die Landschaft. Er stürzte 100-jährige Olivenbäume um, meine Kinder flogen wie kleine Äste durch die Luft und fanden keinen Halt mehr. Ich blieb als gekrümmter morscher Eukalyptusbaum in einem verwüsteten Wald zurück.

RESTBESTÄNDE

Nach der Trauerzeit heiratete ich Andrée in der Kirche San Juan in Salamanca. Ich musste Salazar um Erlaubnis bitten. Meine Kinder hatte ich nicht gefragt. Ich fürchtete, sie würden mir vorwerfen, meine Familie ein zweites Mal zu verraten. Ich tat ihnen Unrecht, obgleich sie sicher nicht erfreut waren. Ich hatte ihnen einiges zugemutet. Wie auch immer, sie hatten meine Entscheidung zu respektieren.

Andrée und ich wohnen seit unserer Vermählung in Cabanas. Die Dorfbewohner wissen, dass ich kein Konsul mehr bin und mein gesamter Besitz verloren geht. Sie machen Andrée dafür verantwortlich. Sie verachten sie, bezeichnen sie als »die Französin« oder »das französische Flittchen«.

Das Gerede der Leute interessiert uns nicht.

Meine Tochter Marie-Rose lernte ich erst bei ihrer Erstkommunion kennen. Das war kurz nach unserer Heirat. Ich hatte von Salazar die Erlaubnis erhalten, nach Frankreich zu reisen. Als ich sie sah, übermannten mich Schuldgefühle. Ich erkannte mich in ihren runden dunkelbraunen Augen. Sie ähnelte mir, dem Vater, der sie kaum wahrgenommen hatte und erst nach zehn Jahren, in denen sie ohne ihn lebte, erst nachdem er ihre Mutter geheiratet hatte, vor ihr stand.

Sie trug ein blaues Kleid mit Riemchenschuhen, sie knickste, küsste mir die Hand. Ich hörte zum ersten Mal ihre sanfte und schüchterne Stimme, als sie »Merci beaucoup« sagte. Ich hatte ihr einen der gerade in Umlauf gekommenen modernen Plattenspieler und portugiesische Musik mitgebracht. Wir hörten Musik, und ich lehrte sie ein Volkslied, das wir gemeinsam sangen. Es war ein beglückender Moment, der uns half, miteinander bekannt zu werden und die Scheu voreinander zu verlieren. Sie besaß ein feines Gehör und lernte schnell. Sie hatte die Musikalität ihrer Mutter geerbt.

Jeden Tag begleitete ich sie zur Schule. Es war ein weiter Weg, mein lahmes Bein machte mir Mühe, der Stock half mir wenig, ich kämpfte mich voran, ich wollte mit meiner Tochter allein sein, mit ihr sprechen und so viel Zeit wie möglich mit ihr verbringen. – Ich glaube, sie mochte mich.

Sie wusste nichts über mich, nichts von dem Elend der Juden. Sie lebte ihr Kinderleben. Andrée hatte ihr lediglich anvertraut, ihr Vater sei ein portugiesischer Konsul, der in seinem Land zu Unrecht bestraft worden war. So blieb es. Ich durfte sie nicht mit Dingen belasten, die sie nicht verkraftete. Es war von einem zehnjährigen Mädchen zu viel verlangt, das Grauen der Welt kennenzulernen.

Als Marie-Rose zwölf Jahre alt war, fragten Andrée und ich sie, ob sie mit uns in Portugal leben möchte.

»Ich bin bei Onkel und Tante in Ribérac zu Hause«, sagte sie.

Unsere Tochter hatte eine Mutter und einen Vater, die sich kaum um sie kümmerten. Wie kamen wir auf den Gedanken, sie könnte einwilligen, mit uns in Cabanas zu leben? Die Verwandten hatten sich seit ihrer Geburt um Marie-Rose gekümmert, sie waren im Laufe der Zeit zu ihren Eltern geworden, sie lebten als Familie zusammen. Wie konnte ich annehmen, dass mein Schmerz und die Trauer darüber, dass sie ohne mich aufwachsen musste, sie dazu brachte, ihr Zuhause aufzugeben. Ich hatte, wir hatten sie in diese Lebenssituation gebracht. Wir konnten froh sein, dass unsere fortwährende Abwesenheit unsere Tochter nicht zermürbt und gegen uns aufgebracht hat. Marie-Rose war ein verstoßenes Kind, von der Mutter abgeschoben, vom Vater nicht beachtet. Sie machte uns keine Vorwürfe, sie verachtete uns nicht. Wir hatten es nicht uns, sondern den Stiefeltern zu verdanken, die sie liebevoll umsorgten.

Ich besuchte Marie-Rose noch ein zweites Mal in Ribérac. Es ging mir in jenen Wochen sehr schlecht. Gedanken an den Tod überfielen mich. Ich brach den Aufenthalt ab, ich wollte in meiner Heimat sterben, in meiner persönlichen Heimat, dort, wo ich zu Hause bin. Ich kann mich nicht von Portugal lösen, nicht im Guten, und nicht im Bösen.

*

In den Dorfstraßen tobte der Karneval. Die Menschen tanzten unter Walzerklängen in ihren Kostümen und übergroßen Kopfmasken den Eselstanz. Stundenlang zogen sie durch die Straßen, drehten sich in kilometerlanger Parade Runde um Runde. Ihre Köpfe wackelten wild in der Sonne und kündigten das Ende des Winters an.

Mein gesundheitlicher Zustand besserte sich, als hätte der Karneval mir meine Gedanken ans Sterben ausgetrieben und mir neue Kraft gegeben. Ich hatte wieder mehr Mut und Schwung, den Lebensfaden weiterzuspinnen.

Ich erinnere mich an den Abend mit der Handvoll uns verbliebener Freunde. Andrée hatte den roten Veloursvorhang vom Fenster genommen und ihn sich als Kleid um ihren Körper drapiert. Meine wunderbare, verrückte Andrée. Sie ist so lebhaft, intelligent und bezaubernd zugleich. Es gibt nichts, was ich nicht für sie täte.

*

Wir saßen im Taxi nach Viseu. Überall leuchtete der Ginster und verwandelte die Landschaft in einen gelben Teppich, aus dem die schroffen Felsen aufragten wie alte Sagengestalten. Andrée war fröhlich wie lange nicht mehr. Ich fragte, ob sie etwas Schönes erlebt hätte. Sie nahm meine Hand und legte sie auf ihren Bauch.

Ihre Schwangerschaft erschien uns wie ein Geschenk Gottes, als würde er sein Einverständnis in unsere Liebe geben. So jedenfalls fassten wir es auf. Wir schöpften neuen Mut und blickten in eine neue Zukunft, in unsere gemeinsame Zukunft.

Wenige Wochen später erlitt Andrée eine Fehlgeburt.

✳

Das Wetter hat umgeschlagen. Gestern war der Himmel noch blau, heute ist alles mit Nebelwolken verhangen. Kein Horizont in Sicht. Die aufragenden Gipfel der Serra da Estrela sind im Dunst verschwunden.

Andrée und ich leben inzwischen nur noch in einem Zimmer. Die vielen anderen Räume, in denen die Kinder und Freunde wohnten, und auch die Salons stehen nun leer. Der Antiquitätenhändler war unser ständiger Gast. Zunächst haben wir alle Möbel verkauft, die Betten und Schränke der Gästezimmer, dann auch die handgefertigten Stühle mit dem eingravierten Familienwappen, den schweren Esstisch, die Ledersessel und die Vitrine mit den chinesischen Porzellanfiguren. Als keine Möbel mehr da waren, folgte das erlesene Geschirr und das Silberbesteck, danach verkauften wir die Bibliotheken, Tausende von Büchern samt aller Regalwände. Schließlich nahmen wir Abschied von der Musik und trennten uns von den Flügeln, Geigen und allen anderen Musikinstrumenten. Immer, wenn sie einen Flügel holten, flüchtete ich aus dem Haus. Es war mir unerträglich, dabei zuzusehen, wie die Möbelpacker ihn zerlegten und hinaustrugen. Erst, wenn der

Lastwagen abgefahren war, kam ich mit versteinertem Gesicht zurück.

Auch die Grammophone und die über 400 Klassikschallplatten verschwanden. Es folgten die Badewannen und Waschbecken mit den Rohren. Wir brauchen das Geld, um essen und heizen zu können. Neulich verkaufte Andrée allen Tand, der sich sonst noch im Haus befand. Wir müssen aus jeder Kleinigkeit Geld machen, sonst verlieren wir auch noch das Haus. Die hohen Hypotheken und die Banken sitzen uns im Nacken. Andrée hört nicht auf, meine Unterlagen zu durchforsten, sucht in den letzten Winkeln nach Papieren, die noch irgendeinen Besitz bezeugen könnten.

Die Dorfbewohner werfen Andrée immer wieder vor, mein gesamtes Vermögen zu verleben und zu verschleudern. Dona Angelina hätte immer alles zusammengehalten. Mit Dona Angelina wäre das nicht passiert.

Andrée legt alle noch offenen Rechnungen auf einen Stapel, der immer höher wird. Manchmal setze ich mich an den Tisch und will sie mir ansehen – anstatt sie durchzuarbeiten, krakele ich Muster auf ein Blatt Papier. Wir können sie ohnehin nicht bezahlen.

Meine Anzüge sind abgetragen, meine Hemden an den Manschetten ausgefranst. Mein schwarzer Hut, ohne den ich nie aus dem Haus gehe, ist verbeult, Socken und Unterwäsche sind gestopft. Ich widerstehe dem Gefühl des Untergangs. Ich habe Andrée. Sie ist bei mir geblieben, sie leistet ihrem siechen alten Mann

Beistand. Sie hilft mir in allen Dingen, die ich nicht mehr allein bewältige. Wir lieben uns. Es stimmt, sie kann noch weniger mit Geld umgehen als ich. Immer, wenn wir etwas verkauft hatten, gaben wir einen Teil des Geldes großzügig wieder aus. Wir fuhren mit dem Taxi ans Meer oder nach Lissabon in die Oper. Für solche Vergnügungen ist jetzt nichts mehr übrig. Das Haus will ich nicht verlieren, das Haus gehört mir, ist immer mein Refugium gewesen und wird es bleiben. Es ist das Fundament meiner Familie, es spiegelt die Werte meiner Familie wider, es ist meine Heimat. Niemand wird mich daraus vertreiben. Niemand!

Meistens sitze ich am Fenster und schaue in die Landschaft. Ich schaue über die Hügel und Felder bis hin zu den Gipfeln der Serra da Estrela, die im Winter schneebedeckt vor mir liegen. Vor ein paar Tagen hörte ich Motorengeräusche. Ein Taxi näherte sich und hielt vor meinem Haus. Die Wagentür klappte, Geraldos Frau und mein Enkel Antonio stiegen aus. Das Taxi blieb stehen. Wahrscheinlich hatte sie dem Fahrer Order gegeben zu warten.

Meine Schwiegertochter ging mit Antonio an der Hand auf die Eingangstür zu, sie klopfte an die Tür. Sie klopfte ein zweites Mal, dann schlug sie mit der Faust auf das Holz. Sie trat einen Schritt zurück, schaute jetzt zum Fenster hinauf und bemerkte mich, der hinter dem Vorhang stand. Sie lächelte und hielt mir einen Kuchen entgegen. Ich humpelte zur Eingangstür, öffnete sie einen Spalt, um meinen Arm hinauszustrecken. Ich ergriff den Kuchen und schloss die Tür wieder. Die Scham saß zu tief, ihnen meinen Zustand zu zeigen, aber der Hunger war groß, und so musste ich mir den Kuchen holen.

*

Ich hätte mir niemals vorstellen können, mit meinen letzten Möbeln heizen zu müssen. Inzwischen verbrennen wir die Holzvertäfelungen und die Türrahmen. Andrée wirft sie ins Feuer, ich habe keine Kraft mehr dazu. Draußen wehen eisige Winde. Die Fenster schließen schlecht. Wir heizen im wahrsten Sinne des Wortes zum Fenster hinaus. Immer wieder müssen wir das Feuer anfachen, aber womit? Bald sind auch die Rahmen verheizt. Wir lüften nur selten, weil es dann noch kälter wird im Zimmer.

Ich gehe kaum noch hinaus. Ich kann fast nicht mehr laufen. Ein zweiter Schlaganfall hat mich getroffen. Als die Sanitäter mich in den Wagen hoben, dachte ich zu sterben. Ich bin nicht gestorben. Ich wurde operiert, überlebte das Krankenhaus mit den piependen Apparaten und Kabeln, die an meinem Körper angeschlossen waren. Ich verlor mein Gedächtnis und meine Denkfähigkeit auch dieses Mal nicht.

Wenn ich genügend Kraft habe, humpele ich ab und an durch die leeren Zimmer meines Hauses. Mein Stock klopft auf die nackten Böden, auf denen kein Parkett, keine Teppiche oder Läufer mehr liegen. Hell oder dunkel klingt die Stockspitze, die bei jedem Schritt aufsetzt. Klock, klock, klack, klick. Ich gehe vom Esszimmer in die Bibliothek, von dort in den Salon. Meine Schritte und der Stock hallen in den leeren hohen Räume wider. Ich komme mir vor wie ein Pilger ohne Ziel, verloren in den Räumlichkeiten, die einst mein lebendiges Leben und meine Familie beherbergten. Ich glaube, Stimmen zu hören, Lachen, meine, Düfte zu riechen. Alles findet nur in meiner Einbildung statt. Ich stehe in einem Bilderrahmen mit weißer Leinwand. Alles, was ich sehe und rieche, findet allein in meiner Fantasie statt.

Der Spiegel zeigt mir die Realität. Wenn ich in den Spiegel schaue, erblicke ich mein Gesicht, in dem mein voller weicher Mund sich zu einem strengen Balken und meine einst warmen offenherzigen Augen sich in nach innen entrückte Fragezeichen verwandelt haben. Es sind Augen, die fragen, wie alles so hat kommen können, Augen, in denen ich die Anstrengungen der letzten Jahre und die Unfassbarkeit dessen, was geschehen ist, lese. Mein Gesicht gibt alles preis, was ich erlebt habe. Ich bin nicht zerbrochen, aber man kann erkennen, welchem Druck ich ausgesetzt war. Ich kann nichts dagegen tun, genauso wenig wie gegen meine Beine, die keine Kraft mehr haben.

Meinen gewohnten Gang zur Post gehe ich schon lange nicht mehr. Nichts ist mehr übrig von dem kraftstrotzenden Mann, der ich einmal war. Ich bin zu einem lahmen Alten geworden, der in seinem Haus festsitzt.

Ich habe viele Opfer gebracht in den letzten Jahren und ich kann mir nicht vorstellen, wie ich meine Schwäche und Hilfsbedürftigkeit ohne Andrée bewältigen würde. Sie ist zu jung, zu vital, um hier mit mir in Armut und Krankheit zu leben; dennoch bleibt sie an meiner Seite.

Über zehn Jahre lang kämpfte ich für meine Rehabilitation. Meinen letzten Brief an Salazar, der wie alle anderen unbeantwortet blieb, schrieb ich vor langer Zeit. Ich habe mich getäuscht, meine Stärke falsch eingeschätzt. Meine Kräfte sind bis zum Letzten erschöpft. Ich komme zu der Erkenntnis, dass alles, was ich leisten konnte, nicht ausreichte. Ich bin dem Kampf gegen Salazar nicht gewachsen, meine Kraft ist am Ende. Ich habe lange Jahre in einer Selbsttäuschung gelebt, hatte nicht die Möglichkeiten, die ich zu haben mir einredete. Mein Wunsch war zu groß, um klar denken zu können. Ich bereue es nicht. Ich bin ein alter kranker Mann, der langsam vernichtet wird. Trotzdem bin ich immer noch widerspenstig genug, mich mit diesen Zeilen diesem Untergang zu widersetzen.

Manchmal schreibe ich noch an die Kinder. Ich will sie nicht beunruhigen, und kündige ihnen meinen Wunsch an, sie bald einmal zu besuchen.

Ohne die Dorfbewohner und ehemaligen Bediensteten, die uns ab und zu Gemüse, Brot, Eier, oder auch ein Huhn bringen, würden wir verhungern. Neulich kam ein Bauer vorbei, der uns zwei mit Rindsbraten belegte Scheiben Brot schenkte und noch einen Serra-

Käse dazu. Manchmal kommt eine Frau aus dem Dorf zum Aufräumen. Der Dorffriseur rasiert mich kostenlos. Gute liebe Menschen, die selbst nichts haben, nehmen sich meiner an. Ich habe es Angelina zu verdanken, die alle Cabaneser so sehr liebten. Es vergeht kein Tag, an dem ich sie nicht in meine Gedanken und Gebete einschließe.

Wie lange wird es noch dauern? Es geht mir jeden Tag schlechter. Mein Arm schmerzt, ich kann ihn kaum noch heben. Es ist kein Vergnügen, meine Unbeholfenheit zu erleben. Manchmal kann ich Stift oder Gabel nicht mehr halten, manchmal schlafe ich bei Tisch ein oder falle nachts aus dem Bett. Ich kann nicht mehr hoffen, an meiner Lage noch etwas zu ändern. Meine einst kraftvolle Stimme ist brüchig geworden wie mein Körper. Ich habe keine Kraft mehr zu kämpfen, ich kann nur noch aushalten und muss mich dem hingeben, was mir widerfährt. Andrée will mich ins Krankenhaus nach Lissabon bringen. Ich weiß, ich werde von dort nicht mehr zurückkehren, ich sitze in einem Boot, das mich Ruderschlag für Ruderschlag von der Welt entfernt.

Ich widmete Jahre meines Lebens einer Sache, die aussichtslos war. Ich sehe Salazar vor mir, beglückt und befriedigt darüber, mich und meine Familie vernichtet zu haben. Man könnte mein Leben nach der Entscheidung von Bordeaux eine Tragödie nennen. Man könnte meinen, mein ganzes Leben sei verloren gegangen, meine Arbeit, mein Reichtum, mein Ansehen, meine

Familie, meine Gesundheit. – Es ist nur eine äußere Vernichtung. Ich habe getan, was ich tun musste. Ich habe Menschen vor dem Tod bewahrt. Dieser Gedanke ist mir ein tiefer Trost.

Ich bin weder ein Held, noch ein Heiliger, noch ein Verbrecher. Ich bin ein normaler Mann mit Stärken und Schwächen. Eines jedoch bleibt unumstößlich: Ich stehe zu meiner Entscheidung. Das ist das, was ich der Nachwelt und meinen Kindern hinterlasse. Mehr habe ich nicht zu sagen.

ENDE

Wer ein Leben rettet, rettet die Welt.

(Inschrift auf dem Grabstein Aristides de Sousa Mendes)

NACHBEMERKUNG

Aristides de Sousa Mendes starb am 3. April 1954 im Alter von 69 Jahren im Armenspital des Franziskanerordens »Ordem Terceira« in Lissabon an einem weiteren Gehirnschlag und einer Lungenentzündung.

Er hat etwa 30.000 Menschen, darunter 10.000 Menschen jüdischen Glaubens, das Leben gerettet.

Postum wurde er von Kanada und den USA geehrt.

In der Jerusalemer Gedenkstätte wurde 1966 in der »Allee der Gerechten« ein Baum für ihn gepflanzt und mit seinem Namen versehen.

Antonio Oliveiro Salazar starb am 20. Juli 1970.

Die »Nelkenrevolution« von 1974 beendete die Diktatur. Nachdem die versiegelte Akte »Mendes« im Jahre 1976 wieder geöffnet und bearbeitet wurde, hielt der Generalsekretär des Außenministeriums es nicht für angemessen, Sousa Mendes zu rehabilitieren, da er gegenüber dem Staat ungehorsam war.

Erst 1988 ließ das Portugiesische Parlament unter Mário Soares offiziell alle gegen seine Person erhobenen Vorwürfe fallen. Sousa Mendes wurde postum wieder in das diplomatische Corps aufgenommen und erhielt den höchsten Orden des Landes. Im Jahr 1995 erklärte Soares Sousa Mendes zu »Portugals größtem Helden des 20. Jahrhunderts«. Das Haus in

Cabanas, das nach Mendes Tod versteigert worden war, um seine Schulden zu begleichen, drohte zu verfallen. Im Jahr 2000 wurde es von der von seiner Familie mit Geldern der Regierung ins Leben gerufenen Stiftung Fundação Aristides de Sousa Mendes restauriert und in ein Museum umgewandelt. 2017 wurde in Almeida das Museum "Vilar Formoso - Fronteira da Paz", Gedenkstätte für Flüchtlinge und Aristides de Sousa Mendes, eröffnet.

LEBENSDATEN

Aristides de Sousa Mendes

1885: Geboren am 18. Juli in Cabanas de Viriato

1907: Studienabschluss Jura in Coimbra

1908: Heirat mit Angelina de Sousa Mendes

1909: Ernennung zum Zweiten Konsul in Britisch-Guayana

1911: Ernennung zum Konsul in Sansibar

1917: Ernennung zum Konsul in Curitiba, Brasilien

1921: Ernennung zum Generalkonsul in San Francisco, USA

1923: Ernennung zum Generalkonsul in Porto Alegre, Brasilien

1925: Ernennung zum Generalkonsul in Viga, Spanien

1928: Ernennung zum Generalkonsul in Antwerpen, Belgien

1938: Ernennung zum Generalkonsul in Bordeaux, Frankreich

1940: Rückbeorderung nach Portugal
Disziplinarverfahren und Amtsenthebung

1948: Tod der Ehefrau
Heirat mit Andrée Cibial

1954: Gestorben am 3. April in Portugal

BEGRIFFE UND ABKÜRZUNGEN

Estado Novo: Neuer Staat. Von Antonio Oliveira Salazar gegründete, autoritäre Diktatur, die auf dem Prinzip des Ständestaates basierte und deren Verfassung 1933 in Kraft trat.

Legião Portuguesa: Portugiesische Legion, 1936 gegründet. Freiwilligencorps zum Schutz des Regimes. Paramilitärische Organisation, die dem Kriegsministerium unterstellt war.

Mocidade portuguesa: 1936 gegründete portugiesische Jugendorganisation nach dem Vorbild der Hitlerjugend.

PVDE: 1933 schuf Salazar seine Geheim- und Staatspolizei Polícia de Vigilância e de Defesa do Estado oder PVDE mithilfe der deutschen Gestapo.

PIDE: Polícia Internacional e de Defesa do Estado. Nachfolgeorganisation der PVDE ab Oktober 1945.

LITERATUR UND QUELLEN – EINE AUSWAHL

Aly, Götz, Europa gegen die Juden, 1880-1945, Fischer Verlag, Frankfurt am Main 2017.

D'Avranches, Michael (Pseudonym von Sebastiáo Mendes), Flight through hell, Exposition Press, 1951.

Dembitzer, Salomon, Visum nach Amerika, Geschichte einer Flucht, Weidle-Verlag, Bonn 2009.

Fralon, José-Alain, Der Gerechte von Bordeaux, Wie Aristides de Sousa Mendes 30000 Menschen vor dem Holocaust bewahrte, Verlag Urachhaus, Stuttgart 2011. (Viele Sachinformationen zu Aristides de Sousa Mendes, die im Roman verarbeitet sind, stammen neben den Quellen der Sousa Mendes Foundation aus diesem Buch).

Friedrich, Dirk, Salazars Estado Novo, Vom Leben und Überleben eines autoritären Regimes, 1930-1974, Verlag Minifanal, 2016.

Jürgens, Uli, Ziegensteig ins Paradies, Exilland Portugal, Mandelbaum Verlag, Wien 2015.

Lackner, Herbert, Die Flucht der Dichter und Denker: Wie Europas Künstler und Wissenschaftler den Nazis entkamen, Carl Ueberreuter Verlag, Wien 2017.

Louca, Antonio, Nazigold für Portugal, Hitler und Salazar, Holzhausen Verlag, 2002.

Milgram, Avraham, Portugal, Salazar and the Jews, Yad Vashem, Jerusalem 2011.

Von zur Mühlen, Patrik, Fluchtweg Spanien-Portugal. Die deutsche Emigration und der Exodus aus Europa 1933-1945, Dietz Verlag, Bonn 1992.

Torberg, Friedrich, Eine tolle, tolle Zeit. Briefe und Dokumente aus den Jahren der Flucht 1938-1941, Langen Müller Verlag, 1989.

Torga, Miguel, Die Erschaffung der Welt, Beck & Glückler Verlag, 1991.

Torga, Miguel, Weinlese, Beck & Glückler Verlag, 1997.

Werth, Léon, 33 Tage. Ein Bericht, Fischer Verlag, Frankfurt am Main 2016.

http://www.sousamendesfoundation.org/

INHALT

*Weitere Titel finden Sie auf den
folgenden Seiten und im Internet:*

WWW.GMEINER-VERLAG.DE

Alle Bücher von Dagmar Fohl:

Historische Romane:

Das Mädchen und sein Henker
ISBN 978-3-8392-1003-1

Die Insel der Witwen
ISBN 978-3-8392-1070-3

Der Duft von Bittermandel
ISBN 978-3-8392-1140-3

Palast der Schatten
ISBN 978-3-8392-1461-9

Der Schöne im Mohn
ISBN 978-3-8392-2072-6

Weitere:

Schneemusik
ISBN 978-3-8392-2114-3

Alma
ISBN 978-3-8392-1049-9
ISBN 978-3-8392-2242-3

Frieda
ISBN 978-3-8392-2473-1

Wer ein einziges Leben rettet, rettet die ganze Welt
ISBN 978-3-8392-2771-8

GMEINER SPANNUNG

WWW.GMEINER-VERLAG.DE
Wir machen's spannend

DIE NEUEN

ISBN 978-3-8392-2628-5
SCHWARZWALD

ISBN 978-3-8392-2615-5
DONAU
PASSAU — WIEN

ISBN 978-3-8392-2620-9
LAHNTAL

ISBN 978-3-8392-2635-3
ZWISCHEN NORD- UND OSTSEE

ISBN 978-3-8392-2618-6
IN UND UM PASSAU

ISBN 978-3-8392-2623-0
REGENSBURG UND OBERPFALZ

ISBN 978-3-8392-2630-8
TÖLZER LAND — TEGERNSEE — SCHLIERSEE

ISBN 978-3-8392-2631-5
VOGELSBERG UND WETTERAU

ISBN 978-3-8392-2632-2
VON DER EIFEL BIS IN DIE ARDENNEN

ISBN 978-3-8392-2405-2
ROMANTISCHER RHEIN
BINGEN — BONN

ISBN 978-3-8392-2622-3
OSTFRIESISCHE INSELN

ISBN 978-3-8392-2545-5
WEINVIERTEL

ISBN 978-3-8392-2629-2
SPREEWALD

ISBN 978-3-8392-2634-6
WESERMARSCH UND WURS

GMEINER KULTUR

WWW.GMEINER-VERLAG.D
Mensch, Kultur, Region